AF416935

* 9 7 8 8 1 9 4 2 9 5 7 0 9 *

بچّوں کی کہانیاں

گل بوٹے سلور جوبلی سیریز

بچّوں کی کہانیاں

مُصنّف

ڈاکٹر ذاکر حُسین

مرتّب

غزالہ فاطمہ

محرّک

فاروق سیّد، مدیر گل بوٹے

بچوں کی کہانیاں

مصنف : ڈاکٹر ذاکر حسین

مرتب : غزالہ فاطمہ

محرک : فاروق سیّد

ناشر : گل بوٹے پبلی کیشنز، ممبئی

بسلسلۂ گل بوٹے سلوَر جوبلی جشن – ستمبر 2019ء

کمپوزنگ : یسریٰ گرافکس، پونہ

سرورق : ریحان کوثر، کامٹی

ملنے کے لیے رابطہ : 09867169383 (کوثر احمد)

09892461465 (محمد شریف)

ISBN: 978-81-942957-0-9

Bachchon ki Kahaniyaan

Author: Dr. Zakir Husain

Compiler: Ghazala Fatima

Motivator: Farooque Sayyed

Publisher: Gul Bootey Publications, Mumbai

Commemorating Gul Bootey Silver Jubilee Celebration - Sept. 2019

انتساب

آل انڈیا میمن جماعت فیڈریشن

ALL INDIA MEMON JAMAT FEDERATION

Iqbal Memon Officer

President

عرضِ ناشر

پیارے بچو!

السلام علیکم ورحمۃ اللہ!

آج کا دن اور یہ خوب صورت موقع ہمارے لیے کسی انمول تحفے سے کم نہیں۔ آج ہمارا پسندیدہ رسالہ ماہنامہ 'گل بوٹے' ممبئی اپنی تیئیس کے پچیس سال مکمل کر رہا ہے۔ اس پرمسرّت موقع پر ہم اللہ رب العزت کی بارگاہ میں نذرانۂ تشکر پیش کرتے ہیں جس نے ہمیں یہ مبارک دن دِکھایا۔ 'گل بوٹے' کی اشاعت کے پچیس برس مکمل ہونے پر ہم اپنے ان تمام ننھے ساتھیوں کو دلی مبارک باد پیش کرتے ہیں جو اپنے پسندیدہ رسالے سے ابتدا ہی سے جڑے رہے۔ جنھوں نے گل بوٹے کو اپنا رسالہ سمجھا، اس کا ہر مہینے بڑی شدت سے انتظار کیا، اسے پابندی سے خریدا، اس کے خوب صورت مشمولات کو پسند کیا، اس کی قیمتی باتوں کو ذہن نشین کرکے ان پر عمل کیا۔ ان تمام ساتھیوں کو بھی مبارک باد جو گل بوٹے کی ترویج و ترقی اور اسے گھر گھر پہنچانے میں ہمیشہ کوشاں رہے، اس کی ترتیب و اشاعت میں اپنے قیمتی مشوروں سے نوازا، مشکل ترین حالات میں اپنی توجہ اور تعاون سے گل بوٹے کے کم سواد مدیر کی ڈھارس بندھائی، گل بوٹے ٹیم کی کوششوں کو سراہتے ہوئے ان کی حوصلہ افزائی کی، گل بوٹے کے ساتھ سفر کرتے ہوئے اپنے بچپن کو لڑکپن اور لڑکپن کو نوجوانی میں تبدیل کیا۔ آج کا دن ان تمام ننھے فرشتوں اور نوجوان دوستوں کے لیے نویدِ جانفزا لے کر آیا ہے اور آج یہی تمام ساتھی مبارک باد کے مستحق ہیں۔ آپ تمام کو کامیابی و کامرانی کے یہ پُرمسرّت لمحات بہت بہت مبارک ہوں!

عزیز ساتھیو! ہمارے ملک میں بچوں کے رسائل کی تاریخ درخشاں رہی ہے۔ ایک زمانہ تھا جب ملک کے مختلف شہروں سے بڑی تعداد میں بچوں کے رسائل نکلتے تھے۔ آج بھی قدرے کم تعداد میں سہی لیکن بچوں کے رسائل برابر نکل رہے ہیں۔ ممبئی جیسے اُردو آبادی والے بڑے شہر سے ایک عرصے سے بچوں کے ایک معیاری رسالے کی ضرورت محسوس کی جاتی تھی۔ اللہ کا شکر ہے کہ اس نے ہمیں توفیق بخشی اور ہم نے اللہ کا نام لے کر تن تنہا اس راہ پر قدم بڑھایا اور دیکھتے ہی دیکھتے گل بوٹے کے تیئں ہمارے جنون نے پچیس بہاریں مکمل کر لیں۔ اگر چہ زمانے کی نظر میں پچیس برس کوئی بڑی مدت نہیں ہوتی لیکن کسی رسالے کے لیے اور وہ بھی اُردو زبان میں بچوں کے رسالے کے لیے یہ ایک بہت بڑی مدت ہے۔ یہ ایک ایسی مدت ہے جسے کسی جنون یا دیوانگی کے سہارے ہی پورا کیا جا سکتا ہے۔ ان پچیس برسوں میں گل بوٹے نے ترقی کے کئی رنگ دیکھے۔ پہلے پہل اسے سادے کاغذ پر یک رنگی شائع کیا گیا۔ پھر پرنٹ میڈیا میں آئے انقلابات پر لبیک کہتے ہوئے آرٹ پیپر اور مکمل رنگینی کو اپنایا۔ اس دوران گل بوٹے زمانے کے شانہ بہ شانہ چلتا رہا لیکن اس نے تعلیمی، اخلاقی اور تہذیبی رہنمائی کے اپنے مشن سے صرفِ نظر نہیں کیا بلکہ فکری طور پر پوری قوت سے اپنے مشن پر ہمیشہ گامزن رہا۔

ہمیں اس حقیقت کا اظہار کرتے ہوئے بڑی مسرت ہو رہی ہے کہ جیسے ہی ہم اپنی تاسیس کے پچیسویں سال کی طرف بڑھ رہے تھے، ہم گل بوٹے کی سلور جوبلی کچھ منفرد انداز میں منانے کا سوچ رہے تھے اور جلد ہی ہم نے یہ عزم کیا کہ گل بوٹے کی پچیسویں سالگرہ پر ہم بچوں کے ادب کو نادر موضوعات پر پچیس کتابوں کا تحفہ دیں گے۔ الحمدللہ! ثم الحمدللہ! ہمیں خوشی ہو رہی ہے کہ اللہ تعالیٰ نے ہمارے اِس عزم کی لاج رکھ لی اور ہم آج مختلف موضوعات پر پچیس کتابیں شائع کرنے میں کامیاب ہوئے ہیں۔ بچوں کی ادیبوں کی ڈائرکٹری الگ۔

بچوں کے ادب پر یہ پچیس کتابیں گل بوٹے کے ادارۂ تحریر کے رفقا یعنی ٹیم گل بوٹے

کی محنتوں کا ثمرہ ہے۔ ان کتابوں میں ٹیم گل بوٹے نے ان تمام موضوعات کو سمیٹنے کی کامیاب کوشش کی ہے جو اُردو میں بچوں کے ادب کے زرّیں عہد کے گواہ ہیں۔ یہ وہ موضوعات ہیں جو اب نایاب نہیں تو کمیاب ضرور ہیں البتہ یہ بھی حقیقت ہے کہ آج کسی ایک جگہ دستیاب نہیں۔ ٹیم گل بوٹے نے موضوعات کے انتخاب سے لے کر کتاب کی ترتیب و تدوین تک جس محنتِ شاقہ کا ثبوت فراہم کیا ہے اس کے لیے میں بحیثیت مدیر اور ناشر تمام مرتبین کا شکر گزار ہوں۔ ناسپاسی ہوگی اگر اس موقع پر اپنے عزیز دوست اور بال بھارتی پونہ کے اُردو افسر خان نوید الحق انعام الحق صاحب کا شکریہ ادا نہ کروں جن کی کرشماتی شخصیت نے کتابوں کی ترتیب سے لے کر سلور جوبلی تقریبات کے انعقاد تک ہر مشکل مرحلے میں میرے کندھے سے کندھا ملا کر کام کیا۔ ہر مرحلے پر ثابت قدمی دِکھاتے ہوئے کام کی پہل کی، اپنے وسیع تجربات کی روشنی میں کٹھن مراحل کو آسان بنا دیا اور اپنے آپ کو دامے درمے سخنے کلی طور پر اس کام کے لیے وقف کر دیا۔ ان احسانات کو صرف محسوس کیا جا سکتا ہے۔

زیرِ مطالعہ کتاب 'ڈاکٹر ذاکر حسین کی کہانیاں' محترمہ غزالہ فاطمہ نے مرتب کی ہے۔ آپ نے حتی الامکان اسے خوب سے خوب تر بنانے کی کوشش کی ہے اس لیے ادارہ گل بوٹے محترمہ غزالہ فاطمہ کا دِل کی گہرائیوں سے شکریہ ادا کرتا ہے۔

آپ کے اپنے ماہنامے 'گل بوٹے' کے جشنِ سیمیں کے موقع پر ہم ان تمام قلمکاروں، مراسلہ نگاروں اور قارئین کا شکریہ ادا کرتے ہیں جنھوں نے گزشتہ ربع صدی کے دوران ہر مرحلے پر ہمارا تعاون کر کے حوصلہ بڑھایا ہے۔ ہمیں اُمید ہے کہ بچوں کے ادب پر یہ پچیس کتابیں آج کے حالات میں ادبِ اطفال کی راہ متعین کرنے میں مشعلِ راہ ثابت ہوں گی۔ آپ کی گرانقدر آرا کا ہمیں انتظار رہے گا۔

والسلام

فاروق سیّد

<h1 style="text-align:center;">عرضِ مرتب</h1>

بچوں کے ادب کے تعلق سے کچھ بھی لکھنے سے پہلے ہمیں یہ جاننا ضروری ہے کہ بچوں کا ادب کیا ہے؟ اس کی تعریف کیا ہے؟ پروفیسر اکبر رحمانی نے بچوں کے ادب کی تعریف ان الفاظ میں بیان کی ہے:

"وہ ادب جس کے ذریعے بچوں کی دلچسپی اور شوق کی تسکین ہو اور جو مختلف عمر کے بچوں کی نفسیات، ضرورتوں، دلچسپیوں، میلانات اور ان کی فہم و ادراک کی قوت کو پیشِ نظر رکھ کر تخلیق کیا گیا ہو، صحیح معنوں میں 'بچوں کا ادب' کہلانے کا مستحق ہے۔"

(اُردو میں ادبِ اطفال۔ایک جائزہ، پروفیسر اکبر رحمانی۔ص:67)

بلا شبہ بچوں کے لیے ادب تخلیق کرنا ایک مشکل امر ہے۔ اس راہ پر چلنے والوں کو بچوں کے ذہن و زبان اور نفسیات سے بھرپور واقفیت ضروری ہے۔ اسی لیے آپ نے دیکھا ہوگا کہ بیشتر ادیب ادبِ اطفال کی طرف کم توجہ دیتے ہیں کیوں کہ ان کی نظر میں یہ کمتر درجے کا ادب ہے۔ لیکن ایک وہ زمانہ بھی تھا کہ بچوں کی تعلیم و تربیت کے لیے ادبِ اطفال کو سب سے زیادہ اہم سمجھا جاتا تھا۔ بڑے بڑے ادیب اور شاعروں نے بچوں کے لیے اعلیٰ درجے کا ادب تخلیق کیا جس میں شاعری، کہانیاں اور ڈرامے شامل ہیں۔ الطاف حسین حالی، اسماعیل میرٹھی، علامہ اقبال، منشی پریم چند، پنڈت جواہر لال نہرو، ڈاکٹر ذاکر حسین، مرزا ادیب، محمد مجیب، ڈاکٹر عابد حسین، صالحہ عابد حسین، شفیع الدین نیر، حسین حسان وغیرہ نے بچوں کے ادب پر خاطر خواہ توجہ دی ہے۔

1922 میں جب دہلی میں جامعہ ملیہ کا قیام عمل میں آیا اور ڈاکٹر ذاکر حسین اس

کے وائس چانسلر مقرر ہوئے تو انھوں نے بچوں کی تعلیم و تربیت میں خاص دلچسپی لی اور اس میں معاون درسی اور غیر درسی کتب کی اہمیت کو محسوس کیا۔ 1926 میں ڈاکٹر عابد حسین کی اِدارت میں بچوں کا رسالہ ماہنامہ ’پیامِ تعلیم‘ جاری کیا جو آج بھی اسی آب و تاب کے ساتھ جاری ہے۔

پیامِ تعلیم کے ذریعے ذاکر صاحب اور ان کے ساتھیوں نے ادبِ اطفال کو نہ صرف معیاری تفریحی ادب بلکہ سائنس، عمرانیات، فلسفہ و مذہب کی تفہیم کے لیے دلچسپ اور توانا اسلوب سے روشناس کرایا۔

عظیم سیاسی رہنما ہونے کے ساتھ ساتھ ڈاکٹر ذاکر حسین ایک مشہور ماہرِ تعلیم بھی تھے۔ان کو بچوں کی ابتدائی تعلیم سے لے کر اعلیٰ تعلیم تک کا بڑا تجربہ تھا۔ وہ مہاتما گاندھی کے ساتھ ’بیسک ایجوکیشن اسکیم‘ میں ان کے ہم قدم تھے۔ ڈاکٹر ذاکر حسین ہندوستانی بچوں کے مستقبل کے لیے ہمیشہ فکرمند رہتے۔ ان کا خیال تھا کہ اچھا ادب اور کتاب ہی بچوں کو بہترین مستقبل دے سکتے ہیں۔

ڈاکٹر ذاکر حسین نے بچوں کے لیے متعدد کہانیاں لکھیں جو پیامِ تعلیم میں ان کی بیٹی رقیہ ریحانہ کے نام سے شائع ہوئیں۔ بعد میں یہ کہانیاں کتابی شکل میں مکتبہ جامعہ سے ڈاکٹر ذاکر حسین کے نام سے شائع ہوئیں۔ ذاکر صاحب کی تمام کہانیوں میں ان کی شخصیت کی چھاپ نظر آتی ہے۔ دردمندی، خلوص و محبت، ہمدردی، دوسروں کی مدد کرنے کا جذبہ، خیرخواہی اور اخلاقی قدریں ان کی کہانیوں کا خاص حصہ ہیں۔

کہانیوں کے علاوہ انھوں نے جامعہ کے یومِ تاسیس (1931) کے موقع پر تمثیلی ڈراما ’دیانت‘ اور ’کھوٹا سکہ‘ لکھا جو بہت مقبول ہوا۔

میں نے جب اپنے بچپن میں ڈاکٹر ذاکر حسین کی کہانی ’ابّو خاں کی بکری‘ پڑھی تو مجھے بہت پسند آئی۔ اس کے بعد میں اکثر ان کی کہانیاں ڈھونڈتی اور پڑھتی رہتی گویا یہ دلچسپی اب تک برقرار تھی کہ ایک دن ’گل بوٹے‘ کے مدیر فاروق سیّد صاحب کا کال آیا

کہ ہم 'گل بوٹے' کی سلور جوبلی تقریبات منانے کی تیاری کر رہے ہیں جس میں ان کا ارداہ ہے کہ وہ ادبِ اطفال پر 25 کتابیں شائع کریں جو کہ بچوں کے ادیبوں کی تخلیقات پر مشتمل ہوں۔ آپ اس میں کیا تعاون کر سکتی ہیں؟ ان کی بات سے میں سوچ میں پڑ گئی لیکن جیسے ہی انھوں نے ادیبوں کی فہرست بھیجی، میری نظر ڈاکٹر ذاکر حسین کے نام پر پڑی۔ فیصلہ پل بھر میں ہوگیا۔ یہ تو میرے پسندیدہ ادیب کا نام ہے۔ میں نے فوراً اس موضوع (ڈاکٹر ذاکر حسین کی کہانیاں) کا انتخاب کر لیا۔

فاروق سیّد صاحب گزشتہ پچیس سالوں سے پابندی کے ساتھ ماہنامہ 'گل بوٹے' نکال رہے ہیں۔ انھوں نے بڑی محنت اور جانفشانی سے اِس رسالے کو سنوارا اور نکھارا ہے۔ بچے اِسے خوب پسند کرتے ہیں کیوں کہ اس کے مواد کا انتخاب کرتے وقت فاروق سیّد صاحب بچوں کی پسند ناپسند کو ملحوظِ خاطر رکھتے ہیں۔ انھیں بچوں کی زبان میں بات کرنے کا ہنر خوب آتا ہے۔ اس لیے بچے ان کے لکھے ہوئے اداریے بھی بڑی دلچسپی سے پڑھتے ہیں۔

فاروق سیّد صاحب اِس رسالے کو عام کرنے کے لیے دن رات کوشاں رہتے ہیں۔ انھوں نے مختلف تعلیمی و ترغیبی اسکیم کا آغاز کیا اور کتاب میلوں میں بچوں کے لیے مشاعرے منعقد کرکے ادبِ اطفال کے نئے باب کا آغاز کیا۔ اتنا ہی نہیں ادارہ 'گل بوٹے' سے بچوں کی کتابوں کا سلسلہ بھی جاری رکھا ہے۔ غرض فاروق سیّد صاحب آج بھی ادبِ اطفال کی ترویج و ترقی کے لیے ہمہ تن سرگرم ہیں۔ اللہ ربّ العزّت انھیں اپنے مقصد میں کامیابی عطا فرمائے۔ میں ان کا تہہ دل سے شکریہ ادا کرتی ہوں کہ انھوں نے مجھ ناچیز کو بھی اپنے مقصد میں شامل کیا۔

شعبۂ اُردو، جامعہ ملیہ اسلامیہ، غزالہ فاطمہ
نئی دہلی-110 025
7530972798
ghazalamuu@gmail.com

فہرست

ابّو خاں کی بکری

ہمالیہ پہاڑ کا نام تو تم نے سنا ہی ہوگا۔ اس سے بڑا پہاڑ دنیا میں کوئی نہیں ہے۔ ہزاروں میل چلا گیا ہے اور اونچا اتنا ہے کہ ابھی تک اس کی اونچی چوٹیوں پر کبھی کبھار کوئی ہمت والا آدمی پہنچ پایا ہے، وہ بھی جیسے بس ڈھٹیا چھونے کو۔ اس پہاڑ کے اندر وادیوں میں بہت سی بستیاں بھی ہیں۔ ایسی ہی ایک بستی المورا بھی ہے۔

المورے میں ایک بڑے میاں رہتے تھے۔ ان کا نام تھا ابّو خاں۔ انھیں بکریاں پالنے کا بہت شوق تھا۔ اکیلے آدمی تھے۔ بس ایک دو بکریاں رکھتے۔ دِن بھر انھیں چراتے پھرتے۔ ان کے عجیب عجیب نام رکھتے؛ کسی کا کلّو، کسی کا منگیا، کسی کا گوجری، کسی کا حکم۔ ان سے نہ جانے کیا کیا باتیں کرتے رہتے اور شام کے وقت بکریوں کو گھر میں لاکر باندھ دیتے۔ المورا پہاڑی جگہ ہے اس لیے ابّو خاں کی بکریاں بھی پہاڑی نسل کی ہوتی تھیں۔

ابّو خاں غریب تھے بڑے بدنصیب، ان کی ساری بکریاں کبھی نہ کبھی رسّی تڑا کر رات کو بھاگ جاتی تھیں۔ پہاڑی بکری بندھے بندھے گھبرا جاتی ہے۔ یہ بکریاں بھاگ کر پہاڑ میں چلی جاتی تھیں۔ وہاں ایک بھیڑیا رہتا تھا۔ وہ انھیں کھا جاتا تھا مگر عجیب بات ہے نہ ابّو خاں کا پیار، نہ شام کے دانے کی لالچ، ان بکریوں کو بھاگنے سے روکتا تھا، نہ بھیڑیے کا ڈر۔ بس شاید یہ بات ہو کہ پہاڑی جانوروں کے مزاج میں آزادی کی بہت محبت ہوتی ہے۔ یہ اپنی آزادی کسی داموں دینے کو راضی نہیں ہوتے۔ مصیبت اور خطروں کے باوجود آزاد رہنے کو آرام و آسائش کی قید سے اچھا جانتے ہیں۔

جہاں کوئی بکری بھاگ نکلی اور ابّو خاں بیچارے سر پکڑ کر بیٹھ گئے۔ ان کی سمجھ ہی میں نہ آتا تھا کہ ہری ہری گھاس میں انھیں کھلاتا ہوں، چُپ چُپا کر پڑوسیوں کے دھان کے کھیت میں بھی چھوڑ دیتا ہوں، شام کو دانا دیتا ہوں مگر یہ کمبخت نہیں ٹھہرتیں اور پہاڑ میں جا کر بھیڑیے کو اپنا خون پلانا پسند کرتی ہیں۔

جب ابّو خاں کی بہت سی بکریاں یوں بھاگ گئیں تو بیچارے بہت اداس ہوئے اور کہنے لگے، ''اب کبھی بکری نہ پالوں گا۔ زندگی کے تھوڑے دن اور ہیں؛ بے بکریوں کے کٹ جائیں گے۔'' مگر تنہائی بری چیز ہے۔ تھوڑے دن تو ابّو خاں بے بکریوں کے رہے۔ آخر نہ رہا گیا۔ ایک دن کہیں سے ایک بکری مول لے آئے۔ یہ بکری ابھی بچہ ہی تھی، کوئی سال سوا سال کی ہوگی۔ پہلی دفعہ بیاہی تھی۔ ابّو خاں نے سوچا کہ کم عمر بکری لوں گا تو شاید ہل جائے اور اسے جب پہلے سے اچھے اچھے چارے دانے کی عادت پڑ جائے گی تو پھر یہ پہاڑ کا رخ نہ کرے گی۔ یہ بکری تھی بہت خوبصورت، رنگ اس کا بالکل سفید تھا، بال لمبے تھے۔ چھوٹے چھوٹے کالے کالے سینگ ایسے معلوم ہوتے تھے کہ کسی نے آبنوس کی کالی لکڑی میں خوب محنت سے تراش کر بنائے ہوں۔ لال لال آنکھیں، تم دیکھتے تو کہتے کہ ارے یہ بکری تو ہم نے لے لی ہوتی۔ یہ بکری دیکھنے میں ہی اچھی نہ تھی، مزاج کی بھی بہت اچھی تھی۔ پیارے ابّو خاں کا ہاتھ چاٹتی تھی۔ دودھ چاہے تو کوئی بچہ دوہ لے۔ نہ لات مارتی تھی نہ دودھ کے برتن گراتی۔ ابّو خاں تو اس پر لٹو ہو گئے تھے۔ اس کا نام چاندنی رکھا تھا اور دِن بھر اس سے باتیں کرتے رہتے تھے۔ کبھی اپنے چچا گھسیٹا خاں کا قصّہ اسے سناتے تھے، کبھی اللہ بخشے، ماموں نتھو خاں کا۔

ابّو خاں نے یہ سوچ کر کہ بکریاں شاید میرے گھر کے تنگ آنگن میں گھبرا جاتی ہیں، اپنی اس بکری چاندنی کے لیے نیا انتظام کیا تھا۔ گھر کے باہر ان کا ایک چھوٹا سا کھیت تھا۔ اس کے چاروں طرف انھوں نے نہ جانے کہاں کہاں سے کانٹے جمع کر کے ڈالے تھے کہ اس میں کوئی نہ آ سکے۔ اس کے بیچ میں چاندنی کو باندھتے تھے اور رسّی خوب

کلّیتے سِلور جوبلی سیریز — بچوں کی کہانیاں از: ڈاکٹر ذاکر حسین

لمبی رکھی تھی کہ خوب اِدھر اُدھر گھوم سکے۔ اس طرح چاندنی کو ابّوخاں کے یہاں خاصا زمانہ گزر گیا اور ابّوخاں کو یقین ہو گیا کہ آخر کو ایک بکری تو بہل گئی۔ اب یہ نہ بھاگے گی۔ مگر ابّوخاں دھوکے میں تھے۔ آزادی کی خواہش اتنی آسانی سے دل سے نہیں مٹتی۔ پہاڑ اور جنگل میں رہنے والے آزاد جانوروں کا دم گھر کی چار دیواری میں گھٹتا ہے تو کانٹوں سے گھرے ہوئے کھیت میں انھیں چین نصیب نہیں ہوتا۔ قید قید سب ایک سی۔ تھوڑے دن کے لیے چاہے دھیان بٹ جائے مگر پھر پہاڑ اور جنگل یاد آتے ہیں اور قیدی اپنی رسّی تڑانے کی فکر کرتا ہے۔ ابّوخاں کا خیال ٹھیک نہ تھا کہ چاندنی پہاڑ کی ہوا بھول گئی ہے۔

ایک دن صبح صبح سورج ابھی پہاڑ کے پیچھے ہی تھا کہ چاندنی نے پہاڑ کی طرف نظر کی۔ منہ جو جگالی کی وجہ سے چل رہا تھا، رُک گیا اور چاندنی نے دل میں کہا، ''وہ پہاڑ کی چوٹیاں کیسی حسین ہیں۔ وہاں کی ہوا اور یہاں کی ہوا کا کیا مقابلہ۔ پھر وہاں اُچھلنا، کودنا، ٹھوکریں کھانا اور یہاں ہر وقت بندھے رہنا۔ گردن میں آٹھ پہر یہ کم بخت رسّی۔ ارے گھیروں میں گدھے اور خچر بھلے چگ لیں، ہم بکریوں کو تو ذرا بڑا میدان چاہیے۔''

اِس خیال کا آنا تھا اور چاندنی اب وہ پہلی چاندنی ہی نہ تھی۔ نہ اسے ہری ہری گھاس اچھی لگتی تھی نہ پانی مزا دیتا تھا، نہ ابّوخاں کی لمبی داستانیں اسے بھاتی تھیں۔ دن پر دن دُبلی ہونے لگی۔ دودھ گھٹنے لگا۔ ہر وقت منہ پہاڑ کی طرف رہتا اور رسّی کو کھینچتی اور عجیب درد بھری آواز میں ''میں'' چلّاتی۔

ابّوخاں سمجھ گئے کہ ہو نہ ہو کوئی بات ضرور ہے لیکن یہ سمجھ میں نہیں آتا تھا کہ کیا ہے۔ ایک دن صبح جب ابّوخاں نے دودھ دوہ لیا تو چاندنی نے ان کی طرف منہ پھیرا اور اپنی بکریوں والی زبان میں کہا، ''ابّوخاں میاں! میں اب تمھارے پاس رہوں گی تو مجھے بڑی بیماری ہو جائے گی۔ مجھے تم پہاڑی میں چلے جانے دو۔'' ابّوخاں بکریوں کی بولی سمجھنے لگے تھے۔ چلّا کر بولے، ''یا اللہ، یہ بھی جانے کو کہتی ہے، یہ بھی۔'' اور مارے

صدمے کے مٹی کی لُٹیا جس میں دودھ دوہا تھا دونوں ہاتھ سے گری اور پاش پاش ہوگئی۔

ابّو خاں وہیں گھاس پر بکری کے پاس بیٹھ گئے اور نہایت غمگین آواز سے پوچھا،

’’کیوں بیٹی چاندنی، تو بھی مجھے چھوڑنا چاہتی ہے؟‘‘

چاندنی نے جواب دیا، ’’ہاں۔ابّو خاں میاں، چاہتی تو ہوں۔‘‘

’’ارے تو کیا تجھے چارا نہیں ملتا؟ یا دانہ پسند نہیں؟ پنے نے گھنے دانے ملا دیے ہیں کیا؟ میں آج ہی اور دانہ لے آؤں گا۔‘‘

’’نہیں نہیں میاں، مجھے دانے کی کوئی تکلیف نہیں۔‘‘ چاندنی نے جواب دیا۔

’’تو کیا پھر رسّی چھوٹی ہے۔ میں اور لمبی کر دوں گا۔‘‘

چاندنی نے کہا، ’’اس سے کیا فائدہ۔‘‘

’’تو آخر پھر کیا بات ہے؟ تو چاہتی کیا ہے؟‘‘

چاندنی بولی، ’’کچھ نہیں۔بس مجھے تو پہاڑ میں جانے دو۔‘‘

ابّو خاں نے کہا، ’’اری کم نصیب، تجھے یہ بھی خبر ہے کہ وہاں بھیڑیا رہتا ہے۔ جب وہ آئے گا تو کیا کرے گی؟‘‘

چاندنی نے جواب دیا، ’’اللہ نے دو سینگ دیے ہیں، ان سے اسے ماروں گی۔‘‘

’’ہاں ہاں، ضرور۔‘‘ ابّو خاں بولے۔ ’’بھیڑیے پر تیرے سینگوں ہی کا اثر ہوگا! وہ تو میری کئی بکریاں ہڑپ کر چکا ہے۔ ان کے سینگ تو تجھ سے بہت بڑے تھے۔ تو تو کلّو کو جانتی نہیں تھی۔ وہ یہاں پچھلے سال تھی، بکری کاہے کی ہے کوئی ہرن تھی ہرن۔ کالا ہرن۔ رات بھر سینگوں سے بھیڑیے کے ساتھ لڑی مگر صبح ہوتے ہوتے اس نے دبوچ ہی لیا اور کھا گیا۔‘‘

چاندنی نے کہا، ’’ارے ۔رے ۔رے ۔ بیچاری کلّو ۔مگر خیر۔ ابّو خاں میاں اس سے کیا ہوتا ہے۔ مجھے تو تم پہاڑ میں جانے ہی دو۔‘‘

ابّو خاں کچھ جھنجلائے اور بولے، ’’یا اللہ! یہ بھی جاتی ہے۔ میری ایک چہیتی بکری

اور اس کم بخت بھیڑیے کے پیٹ میں جاتی ہے ۔۔۔ مگر نہیں نہیں، میں اسے ضرور بچاؤں گا۔ اب تو تیرا ارادہ معلوم ہو گیا ہے۔ اچھا بس چل تجھے کوٹھری میں باندھا کروں گا۔ نہیں تو موقع پا کر چل دے گی۔''

ابّو خاں نے آ کر چاندنی کو ایک کونے کی کوٹھری میں بند کر دیا اور اوپر سے زنجیر چڑھا دی مگر غصّے اور جھنجلاہٹ میں کوٹھری کی کھڑکی کی بند کرنا بھول گئے۔ اِدھر انھوں نے کنڈی چڑھائی، اُدھر چاندنی اُچک کر کھڑکی میں سے باہر یہ جا وہ جا۔

چاندنی پہاڑ پر پہنچی تو اس کی خوشی کا کیا پوچھنا تھا۔ پہاڑ پر پیڑ اس نے پہلے بھی دیکھے تھے لیکن آج ان کا اور ہی رنگ تھا۔ اسے ایسا معلوم ہوتا تھا کہ سب کے سب کھڑے ہوئے اُسے مبارک باد دے رہے ہیں کہ پھر ہم میں آ ملی۔ اِدھر اُدھر سیوتی کے پھول مارے خوشی کے کھلکھلا کھلکھلا کر ہنس رہے تھے۔ کہیں اونچی اونچی گھاس اس سے گلے مل رہی تھی۔ معلوم ہوتا تھا کہ سارا پہاڑ خوشی سے مسکرا رہا ہے اور اپنی بچھڑی ہوئی بچی کے واپس آنے پر پھولا نہیں سماتا۔ چاندنی کی خوشی کا حال کوئی کیا بتائے۔ نہ چاروں طرف کانٹوں کی باڑھ، نہ کھونٹا، نہ رسّی اور چارا! وہ جڑی بوٹیاں کی ابّو خاں غریب باوجود اپنی ساری محبت اور شفقت کے نہ لا سکے۔

چاندنی کبھی اِدھر اُچھلتی، کبھی اُدھر، یہاں سے کودی، وہاں سے پھاندی، کبھی چٹان پر ہے، کبھی کھڈ میں، اِدھر ذرا پھسلی پھر سنبھلی۔ ایک چاندنی کے آنے سے سارے پہاڑ میں رونق سی معلوم ہوتی تھی۔ ایسا لگتا تھا کہ جیسے ابّو خاں کی دس بارہ بکریاں چھوٹ کر یہاں آ گئی ہوں۔

ایک دفعہ گھاس پر منھ مار کر جو ذرا سر اٹھایا تو چاندنی کی نظر ابّو خاں کے مکان پر اور اس کانٹے والے گھیر پر پڑی۔ انھیں دیکھ کر چاندنی خوب ہنسی اور دل میں کہنے لگی۔ ''یا خدا کوئی دیکھے تو۔ کتنا ذرا سا مکان ہے اور کیسا چھوٹا سا گھیر۔ یا اللہ میں اتنے دن اس میں کیسے رہی؟ اس میں آخر سماتی کیسے تھی؟'' پہاڑ کی چوٹی پر سے اس ننّھی سی جان کو نیچے کی

ساری دنیا ہیچ نظر آتی تھی۔

چاندنی کے لیے یہ دن بھی عجیب دن تھا۔ دو پہر تک اتنی اچھلی کودی کہ شاید ساری عمر میں اتنی اچھلی کودی نہ ہوگی۔ دو پہر ڈھلتے اسے پہاڑی بکریوں کا ایک گلّا دکھائی دیا۔ گلّے کی بکریوں نے اسے خوشی خوشی اپنے پاس بلایا اور اس سے حال احوال پوچھا۔ گلّے میں کچھ جوان بکرے بھی تھے۔ انھوں نے بھی چاندنی کی بڑی خاطر تواضع کی۔ بلکہ اس میں ایک بکرا تھا ذرا کالے کالے رنگ کا جس پر کچھ سفید پٹے تھے وہ چاندنی کو بھی اچھا لگا۔ اور یہ دونوں بہت دیر تک اِدھر اُدھر پھرتے رہے۔ ان میں نہ جانے کیا کیا باتیں ہوئیں۔ اور کوئی تو تھا نہیں ، ایک چشمہ پانی کا بہہ رہا تھا اس نے سنی ہوں گی۔ کبھی کوئی وہاں جائے اور اس چشمے سے پوچھے تو شاید کچھ پتا لگے۔ اور پھر بھی کیا خبر۔ یہ چشمہ بھی شاید نہ بتائے۔ ایک کی بات دوسرے سے کہنا کچھ اچھی بات نہیں۔

خیر بکریوں کا گلّا تو نہ معلوم کدھر چلا گیا۔ وہ جوان بکرا بھی اِدھر اُدھر گھوم کر اپنے ساتھیوں میں جا ملا۔ چاندنی کو ابھی آزادی کی اتنی آرزو تھی کہ اس نے گلّے کے ساتھ ہو کر ابھی سے اپنے اوپر پابندیاں لینا گوارا نہ کیا۔ اور ایک طرف کو چل دی۔ شام کا وقت ہوا۔ ٹھنڈی ہوا چلنے لگی۔ سارا پہاڑ لال سا ہو گیا اور چاندنی نے سوچا ''اوہو، ابھی سے شام؟'' نیچے ایّو خاں کا گھر اور وہ کانٹوں والا گھیر دونوں کُہر میں چھپ گئے تھے۔ نیچے کوئی چرواہا اپنی بکریوں کو باڑے میں بند کرنے کے لیے لے جا رہا تھا۔ ان کی گردن کی گھنٹیاں بج رہی تھیں۔ چاندنی اس آواز کو خوب پہچان رہی تھی اسے سن کر اداس سی ہو گئی۔ ہوتے ہوتے اندھیرا ہونے لگا اور پہاڑ میں ایک طرف سے آواز آئی۔ ''خوخو۔''

یہ آواز سن کر چاندنی کو بھیڑیے کا خیال آیا۔ دن بھر ایک دفعہ بھی اس کا دھیان اِدھر نہ گیا تھا۔ پہاڑ کے نیچے سے ایک سیٹی اور بگل کی آواز آئی۔ یہ بیچارے ایّو خاں تھے جو آخری کوشش کر رہے تھے کہ اسے سن کر چاندنی پھر لوٹ آئے۔ اُدھر سے یہ کہہ رہے تھے لوٹ آ، لوٹ آ ''اِدھر سے دشمن جان بھیڑیے کی آواز آ رہی تھی۔

چاندنی کے جی میں کچھ تو آئی کہ لوٹ چلے۔ لیکن اسے کھونٹا یاد آیا، رسّی یاد آئی، کانٹوں کا گھیر یاد آیا۔ اور اس نے سوچا کہ اُس زندگی سے تو یہاں کی موت اچھی۔ آخر کو سیٹی اور بگل کی آواز بند ہو گئی۔ پیچھے سے پتّیوں کی کھڑکھڑاہٹ سنائی دی۔ چاندنی نے مڑ کر دیکھا تو دو کان دکھائی دیے۔ سیدھے کھڑے ہوئے اور دو آنکھیں جو اندھیرے میں چمک رہی تھیں۔ بھیڑیا پہنچ گیا تھا۔

بھیڑیا زمین پر بیٹھا تھا۔ نظر بیچاری بکری پر جمی تھی۔ اسے اطمینان تھا جلدی نہ تھی۔ خوب جانتا تھا کہ اب کہاں جاتی ہے۔ بکری نے جو اس کی طرف رُخ کیا تو یہ مسکرائے اور بولے، ''اوہو! ابّو خاں کی بکری ہے۔ خوب کھلا کھلا کر موٹا کیا ہے۔'' یہ کہہ کر اس نے اپنی لال لال زبان اپنے نیلے نیلے ہونٹوں پر پھیری۔ چاندنی کو کلّو کا قصّہ یاد آیا جو ابّو خاں نے بتایا تھا اور اس نے سوچا کہ میں کیوں خواہ مخواہ رات بھر لڑ کر صبح جان دوں۔ ابھی کیوں نہ اپنے کو سپرد کر دوں لیکن پھر خیال کیا کہ نہیں۔ اپنا سر جھکایا، سینگ آگے کیے اور پینترا بدل کر بھیڑیے کے مقابل آئی کہ بہادروں کا یہی شیوہ ہے۔ کوئی یہ نہ سمجھے کہ چاندنی اپنی بساط نہ جانتی تھی اور بھیڑیے کی طاقت کا اندازہ اسے نہ تھا۔ وہ خوب جانتی تھی کہ بکریاں بھڑیے کو نہیں مار سکتیں۔ وہ تو صرف یہ چاہتی تھی کہ اپنی بساط کے مطابق مقابلہ کرے۔ جیت ہار پر اپنا قابو نہیں۔ وہ اللہ کے ہاتھ ہے۔ مقابلہ ضروری ہے۔ جی میں یہ سوچتی تھی کہ دیکھوں میں کلّو کی طرح رات بھر مقابلہ کر سکتی ہوں یا نہیں۔

کچھ دیر گزر گئی تو بھڑیا بڑھا۔ چاندنی نے بھی سینگ سنبھالے۔ اور وہ حملے کیے ہیں کہ بھڑیے کا جی جانتا ہوگا۔ دسیوں مرتبہ اس نے بھیڑیے کا جی جانتا ہوگا۔ دسیوں مرتبہ اس نے بھیڑیے کو پیچھے ریل دیا۔ ساری رات اسی میں گزری۔ کبھی کبھی چاندنی اوپر آسمان کی طرف دیکھ لیتی اور ستاروں سے آنکھوں آنکھوں میں کہہ دیتی اے کاش اسی طرح صبح ہو جائے۔

ستارے ایک ایک کر کے غائب ہو گئے۔ چاندنی نے آخری وقت میں اپنا زور

دو گنا کر دیا۔ بھیڑیا بھی تنگ آ گیا تھا کہ دور سے ایک روشنی سی دکھائی دی۔ ایک مرغ نے کہیں سے بانگ دی۔ نیچے بستی میں مسجد سے اذان کی آواز آئی۔ چاندنی نے دل میں کہا اللہ تیرا شکر ہے۔ میں نے اپنے بس بھر مقابلہ کیا۔ اب تیری مرضی۔ مؤذّن آخری دفعہ 'اللہ اکبر' کہہ رہا تھا کہ چاندنی بے دم زمین پر گر پڑی۔ اس کا سفید بالوں کا لباس خون سے بالکل سرخ تھا۔ بھیڑیے نے اسے دبوچ لیا اور کھا گیا!

اوپر درخت پر چڑیاں بیٹھی دیکھ رہی تھیں۔ ان میں اس پر بحث ہو رہی ہے کہ جیت کس کی ہوئی۔ سب کہتی ہیں کہ بھیڑیا جیتا۔ ایک بوڑھی سی چڑیا ہے وہ مصر ہے کہ چاندنی جیتی۔

عُقاب

پہاڑ کے دامن میں ایک ہری بھری لہلہاتی وادی ہے۔جدھر دیکھو گھاس کا فرش، ننگے پاؤں بھی چلو تو ایسا معلوم ہو کہ پیر میں کسی ہوشیار کاری گر کا بنایا ہوا بہت نرم چمڑے کا جوتا ہے، بالکل ٹھیک، نہ ڈھیلا نہ تنگ۔ وادی میں چھوٹا سا دریا بہتا ہے۔ یہ پہاڑی چشمہ ہے۔اس لیے پانی صاف ہے جیسے آئینہ،اور ٹھنڈا اولا۔ دریا سے کچھ ہٹ کر ذرا اونچے پر بستی ہے۔ بیچ میں چوڑی سڑک، اِدھر اُدھر سفید سفید مکان، چھتیں ڈھلوان سرخ سرخ، بازار بڑے سلیقے کا، دوکانیں خوب سجی ہوئی، چوکھٹوں اور دروازوں پر ہرا ہرا رنگ جیسے ابھی کل ہی کسی نے کیا ہو۔ گاؤں کے اِرد گرد دھان کے ایسے لہلہاتے کھیت، کہ دیکھ کر آنکھیں ٹھنڈی ہوں۔ یوں کہنے کو تو سب کھیت ہرے ہیں، کوئی ہلکا انگوری، کوئی اس سے ذرا تیز مونگیا، کوئی گہرا اکا ہی، کسی میں پیلاہٹ جھلکتی کسی میں نیلاہٹ۔ ایسا لگتا ہے کہ کسی پہاڑی پری کی شادی ہو اور بڑی برات آنے کو ہو۔ عزیز قریب پریوں کے یہاں سے ہرے قالین منگا کر محفل کے لیے بچھائے گئے ہوں۔ ہیں سب ہرے، پر ہر ایک کا ہرا پن اپنا اپنا ہے۔ کیسی بڑی برات ہوگی کہ جہاں تک نظر جاتی ہے یہ ہرا فرش بچھا دکھائی دیتا ہے۔

کھیتوں سے پرے بھی ہر جگہ سبزہ ہی سبزہ ہے، معلوم ہوتا ہے کہ گھاس کے دن بھی یہاں پھرے ہیں اور یہاں کا ہوا پانی اسے خوب راس آیا ہے۔ مگر ذرا دیکھو تو اس کی شوخی، پیٹ کیا بھرا کہ لگی دور کی سوجھنے۔ نہ آؤ دیکھا نہ تاؤ، لگیں پہاڑ پر بھی چڑھنے۔ پہلے

تو اس کی شوخی دیکھ کر یہ پرانی پرانی چٹیل چٹانیں۔ جنھوں نے بہتیرے نرم گرم سہے ہیں، مسکرائیں۔ ایک چٹان نے دوسری سے کہا،''اری بہن تم نے دیکھا، یہ نیچے ہرا ہرا سا کیا ہے جو ہر گھڑی میرے پیروں پر سُرسُر رینگتا ہے۔'' دوسری بولی،''ہے کون، بدتمیز ہے، تم نے خواہ مخواہ کو منہ لگا یا ہے۔ کل میرے تلوے میں بھی تو گدگدی کر رہی تھی، بڑی آئی کہیں کی! چٹانوں میں روز ایسی ہی باتیں ہوتیں مگر بی گھاس اپنا کام کیے گئیں۔

پہاڑ پر چڑھنے میں دم پھول پھول جاتا تھا مگر اس نے جو ٹھان لی تھی وہ کر ہی گزری۔ چٹانوں کی بولی یہ خوب سمجھتی تھی۔ انھیں برا بھلا کہتے سنتی تو جی ہی جی میں کہہ لیتی،''کیے جاؤ بک بک اور ہنسے جاؤ مجھ پر۔ مگر ہنسنا اسی کا جو آخر میں ہنسے۔ میں نے جو جی میں ٹھانی ہے وہ میں خوب جانتی ہوں اور دیکھنا، اللہ نے چاہا تو ایک دن کچھ نہ کچھ ہو ہی جائے گا۔ یوں ہی چھوٹے چھوٹے قدموں سے بڑی بڑی منزلیں طے ہو جاتی ہیں۔''

غرض ہوتے ہوتے نوبت یہاں تک پہنچی کہ اس نے کوئی آدھی آدھی چٹانوں کو بالکل ڈھک لیا۔ چٹانوں نے سوچا یہ تو ہنسی ہنسی میں منھ کو آتی ہے۔ کچھ جھنجھلا کر سر جو ہلایا تو پتھروں کے بڑے بڑے ٹکڑے اس پر آ کر گرے اور آگے کے جانے کا راستہ بند کر دیا۔

پتھروں کے گرنے کی جو آواز ہوئی تو بی کائی جو کہیں پڑی سو رہی تھیں جاگیں اور انگڑائی لے کر جو دیکھا تو چاروں طرف گھاس ہی گھاس کی عمل داری ہے۔ اس پر انھیں بھی کچھ ٹیس آیا۔ آگے بڑھ کر بولیں کہ''بس مذاق ہو چکا۔ اب آگے قدم بڑھایا تو اچھا نہ ہوگا۔ یہ میرا علاقہ ہے۔ تیرے لیے تو نیچے سارا میدان چھوڑ دیا ہے۔ وہاں کیوں نہیں جاتی۔ ہمیشہ پرائی چیز کو تکتی ہے۔ ندیدی کہیں کی، خبردار جو اِدھر کا رُخ کیا۔ تھوڑے دنوں میں کائی نے ان سب لڑکھ ہوئے پتھروں کو اپنی کائی وردی پہنا کر اپنے لشکر میں داخل کر لیا تو ان کے بھی ذرا پر نکلے۔ سوچا کہ گھاس کی طرح آگے قدم بڑھاؤں اور پہاڑ کی چوٹی پر بھی اپنا قبضہ جماؤں۔ مگر یہ چٹانیں ہیں کہ اللہ کی شان، انھیں کسی اور کا لباس نہیں

بھاتا۔ان کی اپنی آن بان کیا کم ہے جو رنگین کپڑوں سے اسے بڑھانے کی کوشش کریں۔ یہ تو جسے اپنے اوپر بھروسا نہ ہو وہ بزاز اور درزی کے یہاں سے عزّت مول لائے، بس انھیں تو اپنے چہرے کے سامنے بادلوں کا بھیگا بھیگا پردہ اچھا لگتا ہے۔یا دن میں دھوپ کی ہلکی سی چادر اوڑھ لی اور شام کو شفق کا رخ اور سنہرا دوشالا سر پر ڈال لیا۔

ہاں تو چٹان کے اس اوپر والے حصّے میں ایک عقاب رہتا تھا۔آدمیوں کی بستی سے دور اور ان کے جھگڑوں ٹنٹوں سے الگ۔صبح کو صاف صاف بھینی بھینی خوشبو والی ہوا جب اس کے گھونسلے پر آ کر سلام کرتی تو یہ اپنے پروں کو ذرا ہلاتا، اپنے طاقتور بازوؤں کو پھیلاتا جیسے کوئی ہوائی جہاز والا سفر سے پہلے دیکھے کہ سب کل پرزے ٹھیک ہیں کہ نہیں۔ جب ذرا نکل آتی اور نیچے کی دنیا اپنی روزی کے دھندوں میں لگ جاتی تو یہ بھی پر پھیلا چٹان سے اڑتا اور آہستہ آہستہ ساری وادی پر چکر لگا کر بستی کا، بستی والوں کا، کھیتوں کا اور تیز رو دریا کا معائنہ کرتا۔کہیں کوئی کام کی چیز نظر پڑ گئی، کوئی خرگوش یا چوہا، کوئی کبوتر یا مرغی کا چوزا تو یہ بجلی کی طرح جھپٹتا اور آن کی آن میں اُسے اُٹھا کر گھونسلے میں پہنچا دیتا۔وہاں کھا پی کر چٹان سے سنسار کا مطالعہ کرتا۔

یوں نہ جانے کتنا زمانہ گزر چکا تھا۔جب ہوا میں ننّھے ننّھے سفید روئی کے گالے سے ناچتے دیکھتا، یا برف سے ڈھکی ہوئی سفید سفید چھتوں پر اس کے بازوؤں کا کالا سایہ اسے دکھائی دیتا تو یہ سمجھ جاتا تھا کہ اب سردی کا زمانہ آ گیا۔پھر پیڑوں کی کالی ننگی شاخوں پر ہلکا ہلکا ہرا لباس دیکھتا اور چڑیوں کا چہچہانا اور مست اور محو ہو کر گانا سنتا تو جان لیتا کہ بہار آ گئی۔میدان میں ہرنوں کے غول کے غول چوکڑی بھرتے دکھائی دیتے اور چٹان کے پاس سے دریائی پرندوں کے پرے کے پرے گرم ملکوں کے سفر کے قصد سے گزرتے تو یہ تاڑ جاتا کہ خزاں کی سواری آنے کو ہے۔کوئی آئے، کوئی جائے، اس کی زندگی جیسی آج، ویسی کل، وہی چٹان، وہی تنہائی، وہی قوت کا احساس، نہ کسی کو سہارا دینے کا موقع، نہ کسی سے مدد لینے کی ضرورت، بس اپنی دنیا آپ۔

ایک دن کا ذکر ہے کہ عقاب اپنے صبح کے چکر پر نکلا تو بستی کے قریب ایک چھوٹا سا سفید جانور کھیلتا دکھائی دیا، یہ جھپٹا اور پلک کے جھپکے میں اس ننھے سے سفید شکار کو اپنے پنجوں میں اُٹھالایا۔ اسے اِدھر سے دیکھا۔ اُدھر سے دیکھا۔ نہ خرگوش، نہ چوہا، نہ گلہری، نہ نیولا۔ اوہو، ننھا سا بلّی کا بچّہ ہے اور "میاؤں میاؤں" کر رہا ہے۔ عقاب نے اُسے آہستہ سے اپنے بڑے سے گھونسلے کے ایک کونے میں بٹھا دیا۔ جیسے پہلے بہتیرے جانوروں کو بٹھا چکا تھا، مگر اُسے مار کر کھانے کی ہمّت نہ ہوئی۔ نہ جانے کیا بات تھی کہ یہ خیال ہی دل میں نہ آیا۔

منّو بھی بہت ہی ننّھی سی تھی، سمجھ بوجھ بھی نہ تھی، شاید اسی لیے کسی کا ڈر خوف بھی دل میں نہ تھا۔ وہ کیا جانتی تھی کہ یہ عقاب چاہے تو اسے ابھی چٹ کر جائے۔ یہ کچھ دیر تو کونے میں بیٹھی پھر اُٹھ کر سارے گھونسلے میں گھومی، اِدھر اُدھر جو گوشت کے ٹکڑے پڑے تھے وہ کھائے۔ بس جیسے اپنا ہی گھر ہو۔ لال لال زبان سے اپنا منہ پونچھا، اپنا سفید سفید بدن چاٹا، اور بن ٹھن کر گھونسلے کے دروازے پر آئی اور چاروں طرف ایک نظر ڈالی۔

عقاب منّو کو گھونسلے میں اکیلا چھوڑ کر پاس والی چٹان پر جا بیٹھا تھا۔ پہلے تو وہاں سے سب تماشا دیکھا اور دل میں نہ جانے کیا کیا خیال آتے رہے۔ جب منّو چٹان کے سرے پر آئی تو اس کے دل میں یہ خیال آیا کہ شاید مجھے ڈھونڈتی ہے! جھٹ اُڑ کر اس کے پاس پہنچا۔ "کیوں کدھر چلیں؟ یہ سن لو، میں جانے نہیں دوں گا۔" منّو ذرا پیچھے ہٹی، پیٹھ میں ایک بڑ سا بنایا، گھونسلے کی ایک دیوار سے بدن رگڑا اور گنڈلی منڈلی ہو کر بیٹھ گئی۔ عقاب بھی ایک طرف بیٹھ گیا۔ اور ذرا پیار سے اپنا سر جو منّو کی طرف بڑھایا تو منّو نے نہایت بے تکلّفی سے اپنے مخمل جیسے ہاتھوں میں اُس کا سر لے لیا اور لگی اس سے کھیلنے۔ تھوڑی دیر میں اسے اپنے پنجوں سے کھجانے لگی۔ عقاب صاحب کو بھی یہ اچھا لگا تو حضرت نے آنکھیں بند کر لیں! منّو تھوڑی دیر تو سر سے کھیلی پھر اُٹھ کر عقاب کی پیٹھ پر جا بیٹھی وہاں سے اُتر اس کی چونچ سے اپنا بدن رگڑا، پھر اس کے پروں تلے پہنچی اور سمٹ

سمٹا کر اس کے دونوں پیروں کے بیچ میں جا بیٹھی اور لگی خُر خُر خُر کرنے ۔

عقاب کے لیے یہ سب نئی باتیں تھیں ۔ اس کے قریب بھی کون بھلا تھا جو پھٹکتا تھا جو اس سے پیار کرتا اور کھیلتا ۔ بس بیٹھے رہے جیسے دم بخود ۔ پھر بولے ،''مِتّو سچ بتا ، تو یہاں رہے گی ؟ جی لگ گیا ؟''

مِتّو بولی ،''کیوں نہیں ، رہوں گی کیوں نہیں ؟ مجھے تمھاری چونچ اور تمھارے پر اور ، ہاں ، تمھاری آنکھیں بہت اچھی لگتی ہیں ۔''

عقاب اور یہ باتیں ! بس حضرت ریشہ خطمی ہو ہو جاتے تھے ۔ رات ہوئی تو مِتّو اس کے پروں میں گُھس کر مزے سے گرم گرم سو گئی ۔ عقاب کا یہ حال کہ نہ سوتوں میں نہ جاگتوں میں ، بس ایک خواب کی سی حالت ۔ ''اتنے دن تو اکیلے کاٹے ، نہ ساتھی نہ دوست ، اب اس مِتّو کو اُٹھا کر یہاں لا بسایا ۔ دیکھو کیسی گزرے ؟'' بہت دیر اسی سوچ میں چپ چاپ بیٹھا رہا ۔ جی چاہا کہ ذرا پروں کو ادھر ادھر کرے ، مگر اس خیال سے کہ مِتّو جاگ جائے گی دیر تک ویسے ہی بیٹھا رہا ۔ آخر اس نے بھی اپنا سر پروں میں چھپا لیا اور سو گیا ۔

غرض زندگی کے دن یوں بھی اچھے کٹتے تھے ، اب ان میں ایک اور رنگ پیدا ہو گیا ، کچھ گلابی گلابی سا ۔ صبح صبح عقاب چلا جاتا ، تھوڑی دیر میں شکار مار لاتا ، گھونسلے میں آ کر خود کھاتا اور مِتّو کو کھلاتا ۔ دل ہی دل میں اکثر یہ سوچا کرتا کہ ''میں چلا جاتا ہوں تو یہ میرا انتظار کرتی ہے کہ نہیں ؟ ... مجھے یاد کرتی ہے ؟ نہ جانے میں اسے اچھا بھی لگتا ہوں ؟''

شکار میں اچھا مال ہمیشہ مِتّو کو دیتا اور گھٹیا خود کھاتا ۔ ایک زمانہ یوں کٹ گیا ۔ مگر اب سنیے ۔ بی مِتّو کا دل لگا گھبرانے ! ہر وقت ''میاؤں میاؤں'' کی رٹ ، نہ عقاب کا سر کھجانا ، نہ اُس سے کھیلنا ۔ یہ کچھ چھیڑ چھاڑ کرے تو مخمل کے سے گدّوں میں سے لوہے کے سے کانٹے باہر نکل آئیں اور خر خر کی جگہ ناک چڑھا کر عجیب سی کھسیانی سی آواز ۔ پہلے تو دو ایک دن مِتّو کی ان باتوں میں بھی عقاب کو بڑا مزا لا آیا ۔ پھر کچھ گھبرایا ۔ مگر سمجھ میں نہ آیا کہ بات کیا ہے اور عقاب بہت ہی اداس رہنے لگا ۔ ایک دن نہایت سنجیدگی کے ساتھ مِتّو

سے بولا''کیا تیرا جی اب یہاں نہیں لگتا؟ منّو، دیکھ تو سہی، ہماری زندگی کیسے مزے سے
کٹتی ہے۔ یہاں اوپر رہتے ہیں۔ آدمیوں اور ان کی ساری گندگیوں سے دور، صاف ہوا
اور سورج کی گرمانے والی روشنی۔ میری آنکھیں دیکھ، ان میں سورج کی ساری گرمی چھپی
ہے۔ میرے پر دیکھ، جی کہتا ہے کہ ایک دفعہ سارے سنسار کو ان پر لے اڑوں۔ آ، اُن پر
بیٹھ جا، تجھے سارے دنیا کی سیر کرا لاؤں، سمندر دکھا لاؤں جس کی نہ تھاہ نہ چھور۔ پہاڑ
وں کے سروں پر برف کے تاج دکھا لاؤں اور کہے تو صحرا کی تپتی ہوئی ریت کا نظارہ کرا
دوں نہیں، تیرا جی چاہے تو ان بازوؤں پر بٹھا کر تجھے آفتاب تک لے اڑوں۔ منّو چپ
چاپ سنتی رہی اور کچھ نہ بولی۔ عقاب کچھ دیر بعد پھر بولا،''پیاری منّو دیکھ تو ہمارا گھر کیسا
اچھا ہے؟ ایسی جگہ بھلا کس کو ملتی ہے؟ جب نیچے وادی میں اندھیرا گھپ ہوتا ہے تو ہم تم
یہاں سے صبح کی پوپھٹتی دیکھتی ہیں۔ طوفان جس سے دنیا والے ڈرتے کانپتے ہیں
ہمارے دروازے پر کیسے کیسے گیت گاتا ہے، کیا تجھے اس کا گانا اچھا نہیں لگتا؟ وادی والے
آزادی کا مزا کیا جانیں۔ وہاں تو غلام بستے ہیں غلام۔ نتھے نتھے سے جی، ہر دم خوف، ہر
دم ہراس، کسی کی ہمت بھی ہے جو یہاں آئے؟'' مگر منّو کے چہرے پر وہی غم اور
کھسیانا پن۔ عقاب نے کہا،''آخر بولتی کیوں نہیں؟'' تو بولی،''بولوں کیا؟ مجھے اس
سارے قصے سے کیا مطلب؟ یہ رام کہانی کسی اور کو سناؤ، میں تو یہ جانتی ہوں بس کہ اگر
یہاں رہوں گی تو جان سے جاؤں گی۔ تمھاری اس بلندی پر نہ جینے کا مزا نہ مرنے کا۔ میرا
جی نہیں لگتا۔ مجھے یہاں ڈر لگتا ہے۔ چکر آتا ہے، دل دھڑکتا ہے۔ نہ یہاں کوئی ہے جس
سے کھیلوں۔ نہ دودھ کی ہنڈیا، نہ گرم گرم چولھا۔ تم مجھے دے ہی کیا سکتے ہو؟ مجھے نہ صحرا
درکار ہے نہ برفستان۔ اور تمھارے اتھاہ سمندر کے نظارے سے کہیں زیادہ مجھے دودھ کی
بالائی کی چکناہٹ اچھی لگتی ہے۔ تمھارے سہارے اُڑوں تو چکر کھا کر گروں۔ خود اپنے پر
نہیں۔ مجھے تو نیچے وادی میں پہنچا دو، بس وادی میں پہنچا دو مجھے۔''

عقاب کو نہ جانے کیوں ایسا لگا جیسے کسی نے تاک کر ٹھیک دل پر تیر مارا ہو۔

گھونسلے کی لکڑیوں کو چونچ سے دبایا اور نہ جانے کتنے زور سے دبایا کہ سب چر چر ٹوٹ گئیں۔ منّو کو دیکھا تو معلوم ہوا کہ آنکھوں سے شعلے نکل رہے ہیں یا خون ٹپک رہا ہے۔ پروں میں کچھ جنبش سی ہوئی اور سانس میں کچھ آوازسی پیدا ہوگئی۔ نہ جانے دل میں کیا کیا آیا۔ مگر منہ پھیر کر اڑ گیا اور دوسری چٹان پر جا کر ایک نہایت تاریک سی دراز میں منہ چھپا کر بیٹھ گیا۔ نہ دن کی خبر نہ رات کی سدھ، نہ اڑنے کی، نہ شکار کی، دو دن یوں ہی گزار دیے۔ مگر پیٹ بری بلا ہے۔ اس کا تقاضہ پینے کے تقاضے سے کم نہیں ہوتا۔ بھوک نے بیتاب کیا تو اٹھا لیکن اڑ کر سیدھا اپنے گھونسلے میں گیا۔ بے کہے سنے منّو کو اٹھایا اور بستی میں جہاں سے اُسے لایا تھا وہیں جا کر چھوڑ دیا۔ منّو جھٹ پاس والے گھر میں گھس گئی۔ آنگن میں گھومی برآمدے میں گئی۔ باورچی خانے میں ذرا ایک ہانڈی چاٹی اور پھر عقاب کی نظر سے جو پاس ہی ایک پیڑ پر بیٹھ گیا تھا اوجھل ہوگئی۔ عقاب کو بڑا دکھ ہوا کہ منّو نے ایک مرتبہ بھی تو اس کی طرف نہ دیکھا، نہ رخصت ہوئی، نہ دعا، نہ سلام۔

کچھ غصّے میں، کچھ مایوس، یہ پیڑ پر سے اُڑ اور اُسی مکان کا چکر لگا رہا تھا کہ آواز آئی ''ٹھائیں'' اور یہ پر شکستہ نیچے گر پڑا۔ کسان دوڑا ہوا اس کے پاس آیا اور چلایا، ''عقاب ہے عقاب۔'' اِدھر سے اُدھر بہت سے لڑکے بالے اور چار چھے کسان اور جمع ہو گئے۔ گاؤں میں خبر ہوئی کہ منسا نے عقاب پکڑا ہے تو اس کو دیکھنے سب ہی آئے۔ منسا نے اس کے پاؤں میں مضبوط سا حلقہ ڈال کر زنجیر میں اسے اٹکا دیا۔ منّو اتنی دیر میں باورچی خانے سے چھت پر جا پہنچی تھی۔ وہاں بیٹھی اپنا بدن چھاٹ رہی تھی اور کنکھیوں سے عقاب کو دیکھتی جاتی تھی۔ جب سب لوگ عقاب کو دیکھ دکھا کر چلے گئے تو وہ پاس گئی اور بولی، ''کیوں نہ کہتی تھی کہ یہ اُڑنا کسی دن رنگ لائے گا؟ مگر تم سنتے ہو کسی کی؟ اب مزہ چکھ لیا نا؟ اب بھی سمجھ جاؤ تو اچھا ہے۔ مگر خیر، فکر مت کرو۔ میں روز موٹے موٹے تازے چوہے مار لایا کروں گی۔ تم اپنے آپ یہاں دیکھ لو گے کہ یہاں کی قید میں بھی کیا مزہ ہے۔'' یہ کہہ کر گئی اور ایک موٹا سا چوہا اس کے سامنے لا ڈالا۔ مگر عقاب نے اسے

چھوا بھی نہیں۔ اور ان آگ بھری آنکھوں سے جو سورج تک سے نہ لچتی تھیں متّو کو کچھ اس طرح سے دیکھا کہ یہ بھی گھبرا سی گئی اور بولی، ''معاف کرنا مجھے افسوس ہے۔ کیا درد بہت ہو رہا ہے؟'' عقاب نے جواب دیا، ''معلوم نہیں۔'' متّو بولی، ''خدا کا شکر ہے کہ تم نہیں جا سکتے اور جانے کا تو اب خیال ہی چھوڑ دو۔ مجھے تو اس چٹان کی تنہائی اور بلندی کا خیال آتا ہے تو کلیجا کانپتا ہے۔ تمھارا بازو ذرا ٹھیک ہو جائے تو میں سب کچھ تمھیں لے جا کر بتاؤں گی۔ پھر تم خود چوہے پکڑ لیا کرنا اور دودھ اور بالائی اور دہی دیکھ کر تو سچ کہتی ہوں تمھارا جی خود یہاں سے جانے کو نہ ہوگا۔ سردیوں میں ہم تم دونوں اسی پاس والے کمرے میں ساتھ سو رہا کریں گے۔ گرمیوں کی چاندنی راتوں میں ساتھ ساتھ چھتوں پر ٹہلا کریں گے۔ سچ کہتی ہوں یہاں بڑا مزا ہے۔ اب یہاں سے نہ جانا۔ تمھیں میری قسم ہے۔'' عقاب پھر چپ ہی ہو رہا۔ متّو کو یہ بات بری لگی۔ بگڑ کر بولی، ''دماغ ابھی آسمان ہی پر ہے۔ یہاں بھی رُعب جمانا چاہتے ہو۔ ہم تو خوشامد کیے جاتے ہیں اور آپ ہیں کہ مزاج ہی نہیں ملتا۔ ہاں ان چٹانوں میں رہ کر کسی کو کہیں تہذیب آئی ہے۔ بس معاف کیجیے۔ بہت دن تک آپ کے ساتھ مصیبت جھیلی۔ خدا حافظ۔'' یہ کہہ کر وہاں سے چل دی اور پھر اِدھر کا رُخ نہ کیا۔

جس دن عقاب کے گولی لگی ہے اس سے پانی کی ایسی جھڑی لگی کہ ساتویں دن جا کر کھلی۔ یہ ہفتہ بھر اسی زنجیر میں بندھا بیٹھا رہا۔ نہ کھانا، نہ پینا۔ دھوپ جو نکلی تو دن بھر اس میں بدن سینکا۔ شام قریب آئی اور ڈوبتے ہوئے سورج کی روشنی سے پہاڑ کی چوٹیاں آگ کی طرح دمکنے لگیں تو اس کے دل کی کچھ عجیب حالت ہوئی۔ پہاڑ سے کسی نے اپنی طرف اسے کھینچنا شروع کیا۔ اس نے پر پھیلائے تو وہ سیدھے بازو جس میں گولی لگی تھی پورا کھل گیا، زخم بھر چکا تھا۔ اُسے پہلے تو یقین نہ آیا۔ پھر بازو پھیلا کر دیکھا۔ ایک بار، دو بار، تین بار، جب یقین ہو گیا کہ ٹھیک ہے تو کچھ نہ پوچھو کہ اس کے دل کی کیا حالت ہوئی۔ ایک چیخ ماری اس زور سے کہ متّو اور چی خانے میں سہم سی گئی۔ ایک جھٹکا

دیا ایسا کہ زنجیر الگ ٹوٹ کر گری۔ پیر سے خون کی چند بوندیں زمین پر گریں اور نہایت شاہانہ انداز سے اُڑا، یہ جا وہ جا۔ آن کی آن میں اتنا اونچا پہنچا کہ شام کے دھندلکے میں دکھائی بھی مشکل سے دیتا۔ بہت اونچا پہنچ کر پہاڑ کی سب سے اونچی چوٹی پر جا بیٹھا۔ آنکھیں جل رہی تھیں۔ سانس پھولا ہوا تھا۔ نیچے وادی تھی، منّو کا گھر اور انسانوں کی بستی۔ اس نے نیچے دیکھا، کچھ حقارت سے۔ پھر ایک ٹھنڈا سانس بھر کر اوپر نظر کی۔ پہاڑیوں کی چوٹیوں پر اب بھی آگ سی لگی ہوئی معلوم ہوتی تھی۔ رفتہ رفتہ اندھیرا ہو گیا اور تھوڑی دیر میں پہاڑ اور جنگل اور ہوائیں سب سو گئیں، سارے سنسار پر خاموشی چھا گئی۔ عقاب بھی چپ چاپ سنّاٹے میں بیٹھا تھا کہ یکا یک ایک عجیب درد بھری آواز سنائی دی۔ یہ آواز خود اسی کے سینے سے نکلتی تھی۔ اس کے بعد پھر سنّاٹا ہو گیا۔ تاریکی سارے آسمان پر چھا گئی۔ اور اس اندھیری میں ستاروں کے سفید سفید چہرے چم چم کرنے لگے۔ ہر ایک اپنی اپنی بندھی ہوئی راہ پر چپ چاپ چل رہا تھا۔ نہ چیخ نہ پکار، نہ کسی سے جھگڑا نہ ٹنٹا۔ اپنے کام سے کام، ہر ایک کا اپنا دھرم اور اپنی اپنی تقدیر۔ ٹھنڈی ہوا سے اس کی آنکھوں میں جو ذرا سی خنکی سی پیدا ہو گئی تھی تو اس نے انھیں بند کر لیا۔ اور نہ جانے کتنی دیر یوں ہی بیٹھا رہا اور کیا کیا خیال اس کے سر میں گزرتے رہے، جیسے کوئی خواب دیکھتا ہو۔ پھر آنکھیں کھولی تو بولا ''خدا کا شکر ہے۔ پھر آ پہنچا اپنے وطن میں، پھر پا لیا اپنا دیس، تو اکیلا ہی رہنے کو بنا ہے۔ بس اکیلا ہی رہ۔ تیرے ساتھی ہیں تو یہی ستارے اور یہی چٹانیں، یہی چاند یہی سورج، جو اپنا اپنا کام کرتے ہیں اور کسی اور کے کام میں دخل نہیں دیتے۔''

❧ ❧ ❧

سعیدہ کی ماں

سعیدہ کی ماں بہت دنوں سے بیمار تھی۔ بخار کھانسی کبھی ہاتھ پاؤں میں درد، کبھی پیٹ میں کبھی پیٹھ میں۔ بہت دنوں تک حکیموں کا علاج ہوتا رہا۔ کسی نے کسی چیز کا فائدہ تو ضرور ہوتا تھا۔ لیکن بیماری کا سلسلہ تھا کہ چلا جاتا تھا۔ ایک چیز جاتی دوسری رہ جاتی۔ کمزوری بہت ہوگئی۔ چہرا ایسا پیلا پڑ گیا تھا جیسے پیلی کٹئی کا پھول۔ حکیموں نے کھانا بس یوں سمجھو کہ بند ہی کر دیا تھا۔ گرمی اچھی خاصی تھی لیکن جن حکیم جی کا علاج تھا وہ ہوا سے بہت ڈرتے تھے۔ اس لیے ایک چھوٹے سے کمرے میں رکھوایا تھا اور سب کھڑکیاں اور کواڑ بند رکھنے کی تاکید کردی تھی۔

جب کمزوری برابر بڑھتی گئی تو عزیزوں، پڑوسیوں نے کہا کہ بھائی ڈاکٹر انصاری صاحب کا علاج کراؤ۔ مانا ان کی فیس زیادہ ہے۔ نسخے میں دوائی بھی بہت مہنگی لکھتے ہیں۔ مگر جان ہے تو جہان ہے۔ سعیدہ کی امّاں بے چاری غریب عورت تھی۔ اس لیے ڈاکٹر صاحب کا علاج شروع سے نہ کیا تھا۔ مگر جان بہت پیاری ہوتی ہے۔ کہا اچھا کچھ گہنا بیچوں گی اور ڈاکٹر صاحب ہی کا علاج کراؤں گی۔

ڈاکٹر صاحب کئی دن کے انتظار کے بعد آئے۔ کوئی آدھ گھنٹے تک حال سنا اور دیکھا بھالا اور نسخہ لکھ کر چلے گئے۔ سعیدہ کی خالہ نے پوچھا ''اور ڈاکٹر صاحب کھانے کو؟'' ڈاکٹر صاحب نے کہا ''جوان کا جی چاہے کھلاؤ، پھلکا، شوربہ، دودھ، انار کا عرق، انگور کا عرق۔''

سعیدہ اندر سے پان لے کر آئی ، چوکھٹ میں ٹھوکر لگی تو پان کی تھالی وہ جا کر گری ۔ سعیدہ زور زور سے رونے لگی ۔ ڈاکٹر صاحب نے سعیدہ کو اٹھا لیا اور چلنے کے لیے کھڑے ہو گئے ۔ سعیدہ کی خالہ نے اندر سے کہا کہ ڈاکٹر صاحب ذرا تشریف رکھیے اور پان بھیجتی ہوں ۔ ڈاکٹر صاحب نے کہا میں تو پان کھاتا ہی نہیں ہوں ۔ آپ پان کی تکلیف نہ کریں البتہ یہ جو آپ اس کوٹھری میں مریضہ کے ساتھ بند ہیں اور نہ معلوم آپ کے ساتھ کتنے تیمار دار اسی ڈبّے میں قید ہیں ، یہ ٹھیک نہیں ۔ انھیں بڑے کمرے میں رکھیے ، کھڑکیاں سب کھلی رہیں اور ۸ بجے سے ۹ بجے تک انھیں باہر دھوپ میں تکیے کی ٹیک دے کر بٹھایا کیجیے ۔ روز دیکھیے ، بھولیے گا نہیں ۔ یہ دوا سے زیادہ ضروری ہے ۔''

ڈاکٹر صاحب یہ کہہ کر چلے گئے ۔ گھر میں اڑوس پڑوس کی جانے کتنی بوڑھیاں ہر وقت جمع رہتی تھیں ۔ ان میں ایک سے ایک بقراط ، کوئی کہتی ہے یہ موئے ڈاکٹر کیا جانیں ۔ ہوا میں بٹھانے کو کہہ گئے ۔ کھانسی کا یہ حال اور دروازے کھلے رکھو ۔ بخار روز آتا ہے ، دھوپ میں بیٹھو ۔ سعیدہ کی ماں کو یہ بحث اچھی نہیں لگتی تھی ۔ دو ایک مرتبہ اس کے ماتھے پر کچھ شکنیں پڑیں ۔ پھر کراہ کر اس نے کروٹ بدل لی ۔ لیکن بُڑھیاں ڈاکٹر صاحب اور ان کے فن کے متعلق باتیں کیے گئیں اور برابر بستر کے پاس بیٹھ پچ پچ پیکیں تھوکتی رہیں ۔ آخر سعیدہ کی ماں سے نہ رہا گیا ۔ اس نے پھر کروٹ کی اور بولی ''اب میں چاہے مروں چاہے جیوں ڈاکٹر صاحب نے جو کہا ہے وہی کروں گی ۔ بہن اب تم بڑے کمرے میں میرا بستر لے چلو اور صبح سے دھوپ میں ایک چارپائی بچھا دیا کرو ۔'' بہن نے فوراً بڑے کمرے کا انگڑ کھنگڑ ہٹانا شروع کیا ، اور شام تک بستر اس کمرے میں پہنچ گیا ۔ کھڑکیاں اور دروازے کھلے رہے ۔ سعیدہ کی ماں کو خوب نیند آئی ۔ اور صبح اٹھی تو طبیعت ہلکی ہلکی سی تھی ۔ اب ۸ بجے کا انتظار شروع ہوا لیکن خدا کا شکر کرنا کہ ساڑھے سات بجے ہی سارے آسمان پر بادل چھا گئے ۔ اور سارے دن دھوپ نہ نکلی ۔ دوسرے دن بھی یہی حال رہا ۔ سعیدہ کی ماں نے ٹھنڈی سانس بھر کر کہا ''یا اللہ کیا میری وجہ سے اب تیرا سورج بھی نہ

نکلے گا۔ ڈاکٹر صاحب نے دھوپ میں لیٹنے کو کہا ہے، دھوپ ہی نہ نکلے گی تو میں کیسے اچھی ہوں گی۔''

سعیدہ بھی کہیں پٹی کے پاس اپنی گڑیا کو لیے کھڑی یہ باتیں سن رہی تھی۔ مگر بس سن لیا اور کچھ نہیں ،اپنے کھیل میں لگ گئی۔ اس دن سہ پہر کو دھوپ نکلی تو سعیدہ آنگن سے دوڑی ہوئی آئی اور برآمدے سے ہی چلّائی کہ ''امّاں امّاں، دیتو، دوب نکلی۔'' سب کو بڑی حیرت ہوئی کہ دیکھو ذرا سی بچی اور اتنا دھیان! مگر شام کے وقت ڈاکٹر صاحب نے سعیدہ کی ماں کو باہر بٹھانے کو کہا نہ تھا۔ اس لیے لوگوں نے چارپائی نہ نکالی۔ سعیدہ نے بار بار دھوپ نکلنے کا اعلان کیا اس کے اصرار سے معلوم ہوتا تھا کہ وہ چاہتی ہے کہ لوگ اس کے ماں کی چارپائی دھوپ میں ڈال دیں۔ لیکن اس مطلب کو وہ انہیں کر سکتی۔ لوگ اپنے اپنے کام میں لگ گئے اور سعیدہ پھر آنگن میں جا کر کھیلنے لگی۔ لیکن کچھ اداس سی اداس سی رہی۔ تھوڑی دیر میں اپنی گڑیاں وہیں زمین پر ڈال یہ مٹی پر ہی لیٹ گئی۔ سورج ڈوبنے کا وقت آ گیا تھا۔ سامنے والے آم کے پیڑ کی چوٹی پر سورج کی کرنیں کھیل رہی تھیں۔ سعیدہ کی نظر اسی چوٹی پر جمی تھی۔ ایک زبان ہے جسے بڑے نہ سنتے ہیں نہ سمجھتے ہیں لیکن بچے اسے خوب جانتے ہیں اور آپس میں یہ پیڑوں ، پھولوں ، جانوروں ،سورج چاند اور تاروں بلکہ کوئی کوئی تو کہتا ہے کہ اللہ میاں تک سے باتیں کر لیتے ہیں۔ اسی زبان میں سعیدہ نے سورج کی اس کرن سے جو سب سے آخر تک آم کی چوٹی پر کھیلتی رہی، باتیں کیں کہ ''بہن کل صبح ضرور آنا۔ امّاں کے لیے دھوپ کر دینا۔ نہیں تو امّاں کیسے اچھی ہوں گی؟'' کرن نے سعیدہ سے وعدہ کر لیا کہ ''میں ضرور آؤں گی، تو اداس مت ہو۔''

دوسرے دن جب کوئی چار بجے سے سورج کی کرنوں نے دنیا میں آنے کے لیے بننا سنورنا شروع کیا تو سورج نے کہا ''چلو آج بھی چھٹی ہے، آج پھر یہیں آسمان میں رہنا ہوگا۔ دنیا کا راستہ بادلوں کی فوج نے بند کر رکھا ہے۔''

کرنوں کو یہ بات اچھی نہ لگی کہ یہیں آسمان میں بند رہیں اور دنیا کی سیر کو نہ

جائیں مگر کیا کرتیں چپ چاپ ہو گئیں۔ مگر وہ کرن جس نے ایک دن پہلے سعیدہ سے باتیں کی تھیں ذرا آگے بڑھی اور بولی 'اور میں اب کیا کروں۔ میں تو کل سعیدہ کو زبان دے چکی ہوں کہ صبح ضرور آؤں گی۔ اور تیری اماں کے لیے دھوپ کر دوں گی۔ نہیں تو وہ اچھی کیسے ہوں گی۔ ڈاکٹر نے کہا ہے ڈاکٹر نے۔ یہ کمبخت بادلوں کی فوج ختم ہی نہیں ہوتی۔ روز اِدھر سے اُدھر۔ روز اُدھر سے اِدھر۔ میرا بس چلتا تو سب کو توڑ کر زمین کو جاتی!'' بھلا اکیلی ایک کرن کیسے بادلوں کی فوج میں سے آتی۔ دوسری بہنوں کو خیال ہوا کہ اس کرن کی بات ہیٹی نہ ہو۔ سعیدہ کیا کہے گی کہ اب آسمان کے لوگ بھی جھوٹ بولنے لگے۔ سب کی سب سورج سے لپٹ پڑیں کہ 'آج تو ضرور دنیا کو جائیں گے، آج تو ضرور۔''

سورج نے کہا ''اچھا تمھاری خوشی۔ چلو۔ مگر بادلوں کی فوج میں تمام کیچڑ ہوتی ہے تمھارے سارے کپڑے ناس ہو جائیں گے۔'' مگر کرنیں پھر کہاں سنتی تھیں۔ سب نے کہا ''ہم کپڑے بچا لیں گے۔ نہیں تو جلدی سے لوٹ کر دوسرے بدل لیں گے۔'' خیر یہ کہہ کر انھوں نے زمین کا رخ کیا، یہ ننھی کرنیں بادلوں کی فوج کو بھلا کیا ہٹا تیں ان میں گرمی بھی تو ہوتی ہے۔ ایک جگہ بادلوں کی فوج کے ایک ٹکڑے پر برابر گھنٹہ بھر جو چمکیں تو فوج کا یہ دستہ مارے گرمی کے گھبرا اٹھا اور ایک طرف کو ہٹ گیا۔ بس کیا تھا کرنوں کو راستہ مل گیا اور یہ دیکھتے دیکھتے دنیا کو پہنچ گئیں اور سیدھی سعیدہ کی ماں کے آنگن میں اتریں۔ سعیدہ صبح کے بادلوں کو دیکھتی تھی اور اداس بیٹھی تھی۔ کسی سے کچھ کہتی بھی نہ تھی۔ اب جو کرنوں کی سواری پہنچی تو اس کا چہرا باغ باغ ہو گیا۔ اور یہ پھر چلّائی ''اماں دیتو، دوب نتلی۔'' بچّی کی اس بات سے ماں پر بڑا اثر پڑا اور اس کی آنکھوں میں محبت سے آنسو بھر آئے۔ سعیدہ کی خالہ نے آنگن میں ہارسنگھار کے پیڑ کے پاس دھوپ میں چار پائی ڈلوا دی کوئی گاؤ تکیہ تو گھر میں تھا نہیں، کئی چھوٹے چھوٹے تکیے اور بستر ایک جگہ کر کے سعیدہ کی ماں کی پیٹھ سے لگا دیے اور یہ گھنٹے بھر تک دھوپ میں بیٹھی رہی۔ مہینوں بعد چھوٹے

سے بند کمرے سے نکل کر دھوپ اور تازہ ہوا میں نکلی تھی۔ ایسا لگتا تھا کہ نئی دنیا میں آ گئی ہے۔ چہرہ پیلا تھا لیکن اتنا اداس نہ تھا۔ آنکھوں میں نئی روشنی سی آ گئی تھی۔ سعیدہ بھی معمول سے زیادہ خوش تھی۔ پٹی کے پاس آ آ کر کھڑی ہوتی تھی۔ ماں نے ایک دفعہ اسے گود میں اٹھا لیا اور خوب چومے لے۔ ہوا کے جھونکے سے اس وقت ہار سنگھار کے بہت سے پھول سعیدہ کی ماں کی گود میں گرے۔ دیوار پر قمری نے حق سرّہٗ کا گیت گایا۔ اسی دن سے سعیدہ کی ماں کی طبیعت اچھی ہونے لگی اور اب وہ اچھی چنگی بھلی ہے۔

جُلاہا اور بنیا

مؤرشید آباد سے دو ڈھائی کوس پر ایک گاؤں ہے، چلسریا۔ اس گاؤں کا ایک قصہ تمھیں سناؤں۔ کئی سال کی بات ہے۔ یہاں ایک جولاہا رہتا تھا۔ اُسے سب بھائی مسیتا، بھائی مسیتا کہہ کر پکارتے تھے۔ بھائی مسیتا بڑے اچھے آدمی تھے، کبھی جھوٹ نہیں بولتے تھے، کسی کو ستاتے نہ تھے، مسجد میں جا کر پانچوں وقت نماز پڑھتے اور پھر آ کر اپنے گھر پر بیٹھ جاتے۔ بس اپنے کام سے کام تھا۔ کسی کے اچھے برے میں نہ پڑتے تھے۔ ویسے تو ان کی ڈاڑھی کچھ عجیب طرح کی کچی تھی کہ اور کسی کے ہوتی تو لوگ اس پر ہنستے مگر بھائی مسیتا ایسے نیک آدمی تھے کہ کوئی اُن کی کچی ڈاڑھی کا خیال بھی نہ کرتا تھا۔ مسیتا دن بھر کر گھے پر اس لیے بیٹھے رہتے کہ ان کے پاس کچھ بہت سی پونجی تو تھی نہیں اور بچّے تھے کہ ہوئے ہی چلے جاتے تھے۔ اُن کی شادی کو کوئی بیس برس ہوئے تھے اور اب اُن کے دس بچّے تو جیتے تھے اور تین مر چکے تھے۔ جو جیتے تھے وہ بھی بیمار رہتے تھے کسی کی آنکھیں دکھتی تھیں، کسی کے گلے آ گئے تھے، ایک کو سکھا ہو گیا تھا۔ غرض بے چارے بھائی مسیتا اںھیں بچوں کے لیے کماتے تھے اور دن بھر کام میں لگے رہتے تھے۔ پہلے یہ ولایتی سوت خرید کر بنا کرتے، لیکن ایک دفعہ چلسریا میں ایک مولوی صاحب آئے، انھوں نے بتایا کہ ولایتی سوت خریدنا بری بات ہے۔ جب سے بھائی مسیتا نے وہیں گاؤں کا کتا ہوا سوت لے کر بننا شروع کیا۔ اُن کی بیوی بھی چرخا کاتنے لگیں۔ لیکن بے چاری کو زیادہ وقت نہ ملتا تھا، ہر وقت بچے چیں چیں کرتے رہتے تھے۔ بھائی مسیتا جب کدھر کے کئی تھان بن لیتے تو منگل کے دن جا کر مؤرشید آباد میں بیچ آتے۔

ایک دن کا ذکر ہے کہ بھائی مسیتا کھدر کے بہت سے تھان لے کر مؤ رشید آباد بیچنے گئے۔ اتفاق کی بات دن بھر کوئی گاہک ہی نہ ملا جو یہ اس کے ہاتھ تھان بیچتے۔ شام تک بازار میں ٹھہرنا پڑا لیکن کوئی خریدار نہ ملا۔ ایک دوکان دار کے پاس لے گئے تو اس نے اتنے کم دام لگائے کہ بھائی مسیتا کی لاگت بھی نہ نکلتی تھی، مجبور ہو کر انھوں نے اپنے تھان اٹھا لیے اور بازار سے چلے۔ راستے ہی میں اذان ہو گئی تو انھوں نے مسجد میں جا کر نماز پڑھی اور جی سے دُعا مانگی کہ یا اللہ رحم کر، رحم کر میرے مولا، تو، تو سب کو روٹی دیتا ہے۔ میرے بچے بھوکوں مر جائیں گے۔ کسی آدمی کے آگے ہاتھ نہیں پھیلانا چاہتا۔ تجھ سے مانگتا ہوں۔ رحم کر مولا رحم۔''

نماز ختم کرکے یہ چلسریا کی طرف چلے۔ جب مؤ رشید آباد کی سرحد پر پہنچے تو اندھیرا ہو چلا تھا۔ سرحد پر ایک بڑا سا پتھر گرا ہے، بھائی مسیتا کچھ تھک گئے تھے، انھوں نے چاہا کہ اس پتھر پر اپنی گٹھری رکھ دیں اور ذرا سستا لیں۔ پتھر کے قریب جو پہنچے تو کیا دیکھتے ہیں کہ اس پر تو ایک ڈھیر سا رکھا ہے اور اندھیرے میں کچھ چم چم ہوتا ہے۔ پتھر کے نیچے ایک بہت اچھی شکل و صورت کا جوان بیٹھا ہے۔ ذرا غور سے دیکھا تو وہ ڈھیر تو سونے کی اشرفیوں کا تھا۔ ان کا جی للچایا کہ اس میں سے کچھ لے لوں مگر آدمی ایمان دار تھے اور پھر پاس وہ جوان بیٹھا تھا۔ سمجھے کہ شاید اشرفیاں اسی کی ہوں گی اس لیے پتھر کے پاس نہ گئے اور کچھ ہٹ کر زمین پر بیٹھ گئے لیکن جی میں ان کے یہی دھک دھک پک کہ کسی طرح کچھ بھی مجھے اس میں سے مل جائے، تو بچوں کا کام بن جائے۔ نو جوان تھوڑی دیر تک تو چپ رہا مگر پھر مسکرایا اور بولا کہ '' بھائی مسیتا دیکھتے کیا ہو، اس ڈھیر میں سے جتنی چاہو اشرفیاں لے لو۔'' بھائی مسیتا کچھ خوش ہوئے، کچھ ڈرے کہ یہ کون ہے جو میرا نام بھی جانتا ہے۔ مگر اشرفیاں لینے بڑھ ہی گئے۔ گٹھری کا کپڑا تو بہت چھوٹا تھا اور اس میں تھان ہی مشکل سے بندھے تھے۔ بھائی مسیتا نے اپنے کھدر کے کُرتے کے دامن میں جتنی اشرفیاں آ سکتی تھیں آ سکتی تھیں رکھیں، پھر خیال آیا کہ ٹوپی میں

بھی بھر لوں ۔ مگر ٹوپی وہی ایک پرانی ولایتی ململ کی دو پلّی تھی ۔ ابھی کھدّر کی ٹوپی سِلی نہ تھی ۔ اس میں جو اشرفیاں بھریں تو اس کا گلا ہوا کپڑا جگہ سے مسک گیا، ٹوپی پھٹ گئی اور ساری کی ساری اشرفیاں چھن چھن زمین پر گر پڑیں ۔ خیر دامن میں جتنی آئیں وہ لے کر انھوں نے چلسریا کا رُخ کیا ۔

گاؤں میں جو یہ پہنچے تو اِدھر اُدھر تکتے جاتے تھے کہ کوئی دیکھ تو نہیں رہا ہے ۔ سب کی آنکھیں بچا کر گھر پہنچے اور بی جلاہنی کو الگ بلا کر کہا کہ ''یہ لو اور جلدی سے کسی مٹکی میں چھپا کر رکھ دو ۔'' بیوی نے جو اشرفیوں کا ڈھیر دیکھا تو آنکھیں کھلی کی کھلی رہ گئیں ۔ جھٹ سے جا کر مٹکی لائیں لیکن بار بار پوچھتی جاتی تھیں کہ ''یہ کہاں سے ملیں ؟ کیا کہیں چوری کی ہے ؟ ارے خدا سے ڈرو ۔ یہ کیا ۔ سب پکڑے جائیں گے ۔'' اور نہ معلوم کیا کیا ۔ بیوی نے جب بہت کان کھائے تو بھائی مسیتا گھر سے باہر نکل آئے ۔ اتنے میں مسجد سے عشاء کی اذان کی آواز آئی ۔ بھائی مسیتا سیدھے مسجد چلے گئے اور نماز پڑھ کر کئی منٹ تک سجدے میں پڑے رہے کہ ''یا اللہ تیرا لاکھ لاکھ شکر ہے، تو نے میرے بچوں پر رحم کیا ۔ اب تو نے ان کی روزی کا سامان کیا ہے تو انھیں نیک بھی بنانا ۔ اور اپنی راہ میں کام میں لانا ۔'' سجدے میں بھائی مسیتا کے آنسو بھی نکل آئے ۔

روپیا تو عجیب چیز ہے، تھوڑے ہی دنوں میں بھائی مسیتا کے گھر کا چھپّر بھی نیا ہو گیا ۔ کپڑے بھی سب بچوں کے بن گئے ۔ بیوی کے لیے بھی باریک کھدّر آ گئی ۔ لیکن بیوی نے بہت کہا کہ ہمیں بدیسی پھلوار لا دو ۔ مگر بھائی مسیتا نے ایک کپڑا دوسرے ملک کا نہ خریدا ۔ ہوتے ہوتے ان کے دولت کی خبر سارے گاؤں میں پھیل گئی اور یہ بھی سُن گُن لگ گئی کہ یہ دولت کیسے اور کہاں سے آئی ۔ اچھے لوگ کہتے تھے کہ دیکھو خدا کی قدرت ۔ اس نے اس آدمی کو نیکی کا پھل دیا ۔ برے جلتے تھے، سامنے مسیتا کو اچھا کہتے اور پیٹھ پیچھے برائیاں کرتے ۔

اسی چلسریا میں ایک بنیا بھی رہتا تھا ۔ اس کا نام تھا بنارسی ۔ اس کے پاس بہت

روپیا تھا۔ بیوی وبائی بخار میں مرگئی تھی اور اس کے ایک چھوٹی سی لڑکی تھی۔ اس لیے اس کے پاس بہت کچھ مال تھا لیکن اس کا جی روپے سے کبھی نہ بھرتا تھا۔ غریب کسانوں کو سود پر روپیا دیتا اور ان کے کھیت خرید لیتا۔ فصل پر اپنے قرض دار کسانوں سے بہت سستا اناج خریدتا اور بعد کو مہنگا بیچا کرتا۔ کچھ دنوں سے ولایتی کپڑے کی ایک دوکان بھی رکھ لی تھی اور کسانوں کو اُدھار کپڑا بھی دیتا تھا اور اپنے کھاتے میں جو دام چاہتا تھا لکھ لیتا تھا۔ اس نے جو سنا کہ مؤرشید آباد کی سرحد پر بھائی مسیتا کو راہ چلتے اشرفیوں کا ڈھیر مل گیا تھا تو اس نے بھی سوچنا شروع کیا، ''چلو ہم بھی چلیں، شاید کچھ ہمیں بھی مل جائے۔'' مگر میاں بنارسی تھے ذرا ڈر پوک۔ دن مندے گھر سے نکلتے ڈرتے تھے۔ مہینوں ارادہ ہی کرتے رہے کہ آج جاؤں، کل جاؤں۔ آخر ایک دن جی کڑا کر کے چل ہی کھڑے ہوئے۔ اندھیرا ہوتے ہوتے مؤرشید آباد کی سرحد پر پہنچے۔ ابھی اس پتھر سے بیس تیس قدم پر تھے کہ انھیں دکھائی دیا کہ پتھر پر اشرفیوں کا ایک ڈھیر رکھا ہے مگر پاس ہی ایک ڈراؤنی شکل کا ایک بڈھا بیٹھا تھا۔ بنارسی داس کو اس سے ڈر تو بہت لگا مگر اشرفیوں کا لالچ، بے چارے کا پنتے جاتے تھے، ہانپتے جاتے تھے، مگر قدم آگے ہی بڑھتا جاتا تھا۔ جب دو چار قدم رہ گئے تو بڈھا بھی وہاں سے غائب ہو گیا۔ بنارسی داس نے کہا کہ یہ اچھا ہوا، اب تو جی کھول کر اشرفیاں لوں گا۔ اشرفیاں بھرنے کو میاں بنارسی داس ایک ساتھ بورا بھی لیتے آئے تھے۔ پتھر کے پاس پہنچ کر انھوں نے جھٹ سے دونوں ہاتھ اشرفیوں کے ڈھیر پر مارے۔ ہاتھوں کا اشرفیوں پر پڑنا تھا کہ معلوم ہوا کسی نے پکڑ لیے۔ اب یہ لاکھ کھینچتے ہیں مگر ہاتھ وہاں سے نہیں ہٹتے۔ تھوڑی دیر میں وہ اشرفیاں گرم ہونے لگیں۔ اس کے ہاتھ جلنے لگے۔ یہ چلّایا، رویا، پیٹا، مگر وہاں کون تھا جو سنے۔ کچھ دیر میں سب اشرفیاں مارے گرمی کے پگھل گئیں اور اس کے ہاتھ اسی گلے ہوئے سونے میں پڑے رہے۔ چلّاتے چلّاتے آخر کو بے چارا بنارسی مر گیا۔ صبح جو اُدھر سے مزدور اور کسان گزرے تو انھوں نے دیکھا کہ بے چارا بنارسی داس مرا پڑا ہے۔ دونوں ہاتھ جلے ہوئے ہیں اور پاس اشرفیوں کی شکل کے گول گول پتھروں کا ایک ڈھیر پڑا ہے۔

چھِدّو

ایک چھوٹا سا لڑکا تھا، اس کا نام تھا چھِدّو۔ اس لڑکے کی یہ عادت تھی کہ جب کسی کو کوئی کام کرتے دیکھتا تو جھٹ کہتا ''میں بھی یہی کروں گا، میں بھی۔'' بس دن بھر یہی ''میں بھی، میں بھی'' کرتا رہتا تھا۔ کبھی کھڑکی میں سے دیکھتا کہ کوئی گھوڑے پر سوار سڑک پر جا رہا ہے تو کہتا، ''میں بھی سوار ہوں گا۔'' باغ میں کھیلنے جاتا اور جھاڑی میں سے کوئی چڑیا پھر سے اُڑتی، تو یہ کہتا، ''میں بھی اُڑوں گا۔'' اس کے گھر سے کچھ دور ایک تالاب تھا۔ اس کے کنارے کھیلنے جایا کرتا اور ننھی ننھی مچھلیوں کو پانی میں تیرتے دیکھتا تو کہتا، ''میں بھی تیروں گا۔''

ایک دن ایسا ہوا کہ اس کے ماں باپ کہیں باہر گئے، بہن کسی کام سے کھیت پر گئی تھی۔ یہ گھر میں بالکل اکیلا تھا۔ ایک کونے میں اس کے باپ کا چابک رکھا تھا۔ اسے اس نے اٹھا لیا اور دروازے پر جا کر سڑک پر ایک پتھر چلانا شروع کیا کہ ''چل، چل نہیں تو مارتے مارتے مار ڈالوں گا۔'' معلوم نہیں کیا بات ہوئی کہ تھوڑی دیر میں ایک گھوڑا سفید جیسے براق، اس کے سامنے آ کر کھڑا ہو گیا۔ شاید یہ بات ہوئی کہ پتھر نے اللہ میاں سے دعا کی کہ ''یہ لڑکا مجھے بے کار مارتا ہے۔ میں کیسے چلوں۔ چل سکتا تو اسے کہیں لے جاتا۔'' اللہ میاں نے اس کی سن لی اور چھِدّو کے لیے یہ گھوڑا بھیج دیا۔ گھوڑے پر ایک سنہرا خوب صورت زین کسا ہوا تھا۔ گھوڑا کچھ دیر تو گردن جھکائے کھڑا رہا پھر اپنے دونوں اگلے پاؤں موڑ کر گھٹنوں کے بل جھک گیا اور چھِدّو سے کہا کہ ''آؤ، بیٹھ جاؤ'' پھر کیا پوچھنا

تھا۔ چھدّو تو مارے خوشی کے پھولا نہ سماتا تھا۔ جھٹ کود کر سنہرے زین پر بیٹھ گیا اور لگا چلّانے کہ ''اوہو، ہوہو۔ میں تو گھوڑے پر سوار ہو گیا۔''

باہر کھیت کی مینڈ پر چھدّو کی بہن منّی بیٹھی تھی۔ اس نے بھائی کو گھوڑے پر سوار دیکھا تو چلّا اٹھی ''ارے چھدّو، چھدّو، کدھر چلا گھوڑے پر''چھدّو بولا ''ہم تو دنیا دیکھنے جاتے ہیں۔ آ تو بھی آتی ہے تو آ، دیکھ یہ جگہ ہے پیچھے بیٹھ جانا۔ آتی ہے؟''منّی نے کہا، ''نہیں بھیّا۔ میں اتّا امّاں کے پاس رہوں گی۔''

''اچھا تو تیری خوشی۔ میں تو جاتا ہوں۔'' چھدّو نے جواب دیا اور زور سے گھوڑے کے ایک چابک رسید کیا اور گھوڑا ایسا اُڑا جیسے ہوا جاتی ہے۔

پہلے تو ایک بڑا سا میدان پڑا۔ اس پر گھوڑا سرپٹ دوڑتا ہوا نکل گیا پھر ایک بہت اونچے پہاڑ پر چڑھا اور دوسری طرف سے اُتر کر ایک گھنے جنگل میں پہنچا۔ جنگل ختم ہوا تو ہرے ہرے کھیت آئے۔ ہر طرف کھیتی لہلہا رہی تھی اور لال اور نیلے پھول کھلے ہوئے تھے۔ کھیتوں سے نکلے تو پھر ایک جنگل آیا۔ لیکن عجیب طرح کا جنگل تھا۔ اس کے پیڑ سب بہت چھوٹے چھوٹے تھے اور ایسے گھنے کہ اس میں سے گزرنا مشکل تھا۔ مگر اس گھوڑے کے سامنے سب کچھ آسان تھا۔ اسے بھی طے کر لیا۔ پھر ایک ریت کی دیوار آئی۔ گھوڑا اس پر بھی چڑھا مگر پاؤں دھنس دھنس جاتے تھے۔ اس لیے تیزی ذرا کم ہوگئی۔ ریت کی دیوار خوب چوڑی تھی۔ اوپر پہنچے تو دیکھا کہ نیچے سمندر لہریں مار رہا ہے۔ جہاں تک نظر جاتی تھی پانی ہی پانی تھا سب نیلا ہی نیلا۔

گھوڑے نے کہا۔ ''اب مجھ سے نہیں چلا جاتا۔ میں آگے سے نہیں جا سکتا بس اب اترو، میاں چھدّو!چھدّو نے کہا ''واہ میں تو اور آگے چلوں گا۔ اور آگے، اور آگے۔'' گھوڑے نے کہا اترتے ہو تو اترو نہیں تو... اتنا کہا تھا کہ چھدّو نے زور سے چابک مارا اور کہا، ''اچھا نہیں تو...'' گھوڑا اس زور سے اُچھلا اور ایسی دولتّی ماری کہ میاں چھدّو دھڑام سے آگے آن پڑے اور ریت کی دیوار پر سے ایسا لڑھکے کہ سیدھے سمندر میں جا پہنچے۔

سمندر میں گر کر یہ ڈبکیاں کھانے لگا۔ ایک لال سنہری مچھلی جلدی جلدی تیر کے آئی اور اس کی ٹانگوں کے نیچے میں آ کر ٹھہر گئی۔ چھدّو کو ذرا سہارا ملا تو اس نے اپنا بدن اوپر کو اٹھایا اور کہا ”اہا میں تو پھر سواری کروں گا“، مچھلی بولی، ”نہیں میاں سواری نہیں کرو گے تیرو گے۔“ ”اہاہاہا، تیروں گا، یہ تو اور بھی اچھا ہے۔“

اب اس مچھلی کے سہارے چھدّو میاں نے سارے سمندر میں تیرنا شروع کیا۔ چاروں طرف سے ننھی ننھی چمکتی ہوئی مچھلیاں آ آ کر جمع ہونے لگیں۔ چھدّو کو تیرتا دیکھ کر انھوں نے خوب ہنسنا اور ناچنا شروع کیا۔ ادھر سے دریائی چڑیوں نے ایک دوسرے سے چلّا چلّا کر کہنا شروع کیا۔ ارے دیکھو تو، ذرا دیکھو تو، چھدّو کس مزے سے تیر رہا ہے۔“

تیرتے تیرتے جب دور نکل گئے تو ایک جہاز ملا، جہاز پر چھدّو کا باپ تھا۔ چاروں طرف چھدّو کو دیکھتا اور ہر ایک سے پوچھتا تھا کہ بھائی تمھیں تو نہیں دکھائی دیا۔ ہمارا چھدّو۔“ چھدّو نے جو باپ کی آواز سنی تو چپکے سے مچھلی سے کہا ”ارے غوطہ لگا، جلدی سے غوطہ، نہیں تو وہ دیکھ لیں گے۔“

مچھلی نے ایسا گہرا غوطہ لیا کہ سمندر کی تہ کو پہنچی۔ وہاں طرح طرح کی سیپیاں تھیں۔ رنگ برنگ کے گھونگے تھے اور ایسے ایسے درخت کہ چھدّو نے کبھی دیکھے بھی نہ تھے۔ چھدّو نے جو آنکھیں پھاڑ پھاڑ کر دیکھنا شروع کیا تو آنکھوں میں پانی بھر گیا اور یہ لگا چیخنے کہ ”بس بس اب اوپر چلو اوپر۔ میرا دم گھٹتا ہے۔“ مچھلی اوپر نکلی اور چھدّو نے پانی سے سر نکالا ہی تھا کہ ایک بڑا سا پرند اوپر سے آیا کچھ کالا کچھ سفید اور اُس نے چھدّو کو چونچ میں اٹھالیا اور اپنے پر خوب پھیلا کر اُسے ہوا میں اُچھالا اور اپنی پیٹھ پر بیٹھا لیا۔ چھدّو چلّا یا۔ ”اوہو اوہو، اب تو میرے پر ہو گئے۔ میں تو اُڑوں گا۔ میں تو اُڑوں گا۔“

یہ پرند اونچا اُڑا ہی چلا گیا۔ رُکنے کا نام ہی نہ لیتا تھا۔ اُدھر سورج برابر نیچا ہوتا جاتا تھا اور آخر کو بالکل غائب ہی ہو گیا۔ چھدّو کے قریب سے ایک عورت گزری جو بڑے بڑے نہایت ڈھیلے بالکل کالے کپڑے پہنے ہوئے تھی یہ رات تھی اور اوپر سے

کلہٹے سلور جوبلی سیریز   بچوں کی کہانیاں از: ڈاکٹر ذاکر حسین

زمین کو جا رہی تھی لیکن پرند اور چھدّو تھے کہ اوپر ہی چلے جاتے تھے اور اُڑتے اُڑتے چاند اور تاروں کی بستی میں پہنچ گئے۔ ننھے ننھے چمکتے ہوئے تاروں نے کہا ''میاں چھدّو، سلام کہاں سے آتے ہو۔اب تو بہت دیر ہوگئی ہے۔تمھارے تو سونے کا وقت ہے۔'' مگر چھدّو نے کہا ''میں نہیں سونے کا میں تو اُڑوں گا۔ اوپر چلے ہی جاؤں گا، اوپر تو آسمان کے اندر جاؤں گا اور دیکھوں گا کہ یہ سورج دوسری طرف سے کیسے نکلتا ہے۔'' ستارے خوب کھلکھلا کر ہنسے۔ ایسے کہ آنکھیں بند ہو گئیں اور نیچے سے دیکھنے والوں کو معلوم ہوا کہ یہ جھل مل جھل مل کر رہے ہیں۔ اور پرندے نے کہا کہ ''تم تو آسمان میں جانا چاہتے ہو۔ وہاں تو میں بھی نہیں جا سکتا۔ تمھیں ایسے ہی جانا ہوتو بادلوں کے ساتھ جاؤ۔ میں اب آگے نہیں جا سکتا۔'' ''اچھا تو میں بادلوں کے ساتھ جاؤں گا۔ چلو مجھے بادل کے پاس پہنچا دو، بس چلو جلدی، چلو، چلو۔''

پرندے نے اپنا رُخ موڑا اور سیدھے ہاتھ کی طرف سے کچھ بادل آ رہے تھے۔ ان کی طرف چلا، اسے دیکھ کر ایک کالا کالا بادل بھی اس کی طرف لپکا اور قریب آ کر چھدّو کو گود میں لے لیا۔ اس کی گود بڑی ٹھنڈی ٹھنڈی تھی اور ایسی نرم جیسے حلوا۔ بادل چھدّو کو گود میں لے کر جو چلا تو چھدّو کو ایسا لگا کہ جیسے اس کے گالوں پر دو بوندیں گریں۔ دو بڑی بڑی گرم گرم بوندیں۔

چھدّو کچھ اُداس سا ہو گیا اور کہنے لگا، ''یہ تو ایسے معلوم ہوتے ہیں جیسے میری ماں کے آنسو ہوں۔'' بادل نے بتایا کہ ''ہاں بیٹا یہ تیری ماں کے آنسو ہیں۔ وہ تجھے ڈھونڈتے ڈھونڈتے تھک گئی تھی اور ایک جگہ بیٹھی رو رہی تھی کہ میں پاس سے گزرا تو میں یہ دو آنسو ساتھ لیتا آیا۔ اب اداس مت ہو۔ انھیں پوچھ ڈالو۔ ہم بس اب آسمان پہنچتے ہی ہیں۔ منہ ہاتھ خوب صاف ہونے چاہئے۔ وہاں فرشتوں کا پہرا ہے۔ غلیظ آدمی کو اندر نہیں آنے دیتے۔'' یہ باتیں سن کر چھدّو نے رونا شروع کیا اور اتنا رویا کہ ہچکی بندھ گئی۔ وہ بادل سے سسک سسک کر کہنے لگا۔ نہیں میں اب آسمان میں نہیں جاؤں گا۔ میں سورج کو

بھی نہیں دیکھوں گا۔ مجھے اب کچھ درکار نہیں ۔ مجھے تو گھر لے چلو۔ میں اپنی امّاں کے پاس جاؤں گا۔ میں سورج کو بھی نہیں دیکھوں گا۔ مجھے اب کچھ درکار نہیں ۔ مجھے تو گھر لے چلو میں اپنی ماں کے پاس جاؤں گا بس۔''

چھدّو نے یہ کہا ہی تھا کہ بادل بڑی تیزی سے نیچے کو چلا۔ سب دیکھتے کے دیکھتے ہی رہ گئے۔ یہ جا، وہ جا اور ایک جگہ خوب نیچے پہنچ کر بادل نے چھدّو کو گود سے نیچے ڈال دیا۔ یہ دھم سے ایک چمیلی کے پیڑ کے پاس گرا۔ اُس نے جو آنکھ کھولی تو دیکھا کہ ماں دونوں ہاتھوں سے چمیلی کی شاخیں ہٹا رہی ہے۔ خوشی سے باچھیں کھلی ہوئی ہیں اور چلّا رہی ہے، ''ارے لو گو دیکھو۔ میرا چھدّو یہ ہے۔ میرا چھدّو یہ ہے۔'' اسی وقت سورج بھی اوپر سے نکلا اور چمیلی کی ٹہنیوں دے جھانک کر اس نے چھدّو کا منہ دیکھا اور کچھ اس طرح مسکرایا کہ اس کا سارا چوڑا چکلا چہرا اس مسکراہٹ سے دمکنے لگا۔

آؤ، گھر گھر کھیلیں

رشید اور ہم ساتھ ساتھ پڑھتے ہیں۔ اُس کی بہن راشدہ بھی ہمارے ساتھ پڑھتی ہے۔ دونوں صاف رہتے ہیں۔ سچ بولتے ہیں۔ کسی سے لڑتے نہیں، کل کی چھٹی تھی تو اسد اور موہن اور سیتا سب رشید کے گھر کھیلنے گئے۔ موہن نے پوچھا،''کیا کھیل ہوگا؟''

راشدہ نے کہا، ''آج گھر گھر کھیلیں گے۔''

ذرا سی دیر میں گھر بننے لگا۔ رشید اور موہن کہیں سے ایک پرانا لکڑی کا صندوق اُٹھا لائے سامنے لکڑی کے تختے رکھ دیے۔ اسد کہیں سے ہرا رنگ لے آیا اور جھٹ پٹ گھر کو ہرا رنگ دیا۔ وہ دیکھو گھر تیار ہو گیا۔ راشدہ بنی ماں۔ اسد بنے ابّا۔ راشدہ بولی، ''چلو بچّو چلو! ابّا چیز لائے ہیں۔''

رشید کی بلّی دوڑی، ''میاؤں میاؤں! ہمیں بھوک لگی ہے۔ ذرا سا دودھ پلا دو۔''

اسد کا کتّا دوڑا، ''بھوں بھوں! مجھے بھی بھوک لگی ہے۔ ایک ٹکڑا ہی دے دو۔''

راشدہ کی چڑیا بھی پھر سے اُڑ کر آئی، ''چوں چوں چوں، چوں چوں مجھے بھی بھوک لگی ہے۔ دو دانے مجھے بھی دے دو۔''

راشدہ کا ایک چھوٹا بھائی چنّو بھی جلدی جلدی آیا۔ ایک ہاتھ میں منّا، ایک ہاتھ میں منّی۔''مجھے بھی بھوک لگی ہے اور منّا کو بھی اور منّی کو بھی۔''

ماں نے کہا، ''دیکھو دیکھو! یہ کیا ہے؟ ابّا نے تمھارے لیے یہ گھر بنایا ہے۔ بلّی نے گھر کو دیکھا اور بولی۔''میاؤں میاؤں! بہت اچھا ہے۔''

بچوں کی کہانیاں از: ڈاکٹر ذاکر حسین   گلِ تے سلَور جوبلی سیریز

کتّے نے گھر کو دیکھا اور بولا،''بھوں بھوں! بہت اچھا ہے۔''

چڑیا نے گھر کو دیکھا اور بولی،''چوں چوں! بہت اچھا ہے۔''

پتّو نے گھر کو دیکھا اور بولا،''واہ واہ بہت اچھا ہے۔''

''منّا اور منّی نے بھی گھر کو دیکھا اور کہا،''چیں چیں! بہت اچھا ہے۔''

ماں نے کہا،''اچھا تم سب یہاں کھیلو، میں سب کے لیے کھانا لاتی ہوں۔''

<h1 style="text-align:center">کھیل</h1>

ماں گئی کھانا لانے۔ بچّوں نے کہا،''جب تک ذرا کھیل لیں۔''

پہلے نئے گھر کو اِدھر سے دیکھا، اُدھر سے دیکھا۔ اِدھر دوڑے اُدھر بھاگے بھوں بھوں میاؤں میاؤں ک پیچھے دوڑا۔ میاؤں میاؤں چوں چوں کے پیچھے لپکی۔ چوں چوں کبھی پُھر سے اُڑ کر اِدھر بیٹھی۔ کبھی پھدک کر اُدھر۔ پتّو اپنی گڑیوں کو گود میں لیے کبھی میز کے نیچے بیٹھ جاتا، کبھی کرسی کے اوپر۔

اتنے میں موہن نے کہا،''اچھا سب چھپ جاؤ۔ ہم ڈھونڈیں گے۔'' موہن نے آنکھیں بند کر لیں۔ بچے سب چھپ گئے۔ چڑیا نے کہیں سے کہا،''چوں چوں! موہن موہن!! اب آنکھیں کھول لو۔''

موہن نے آنکھیں کھول لیں، اور بچّوں کو ڈھونڈنے لگا۔

پنجرے میں دیکھا کوئی نہیں تھا۔

کھڑکی میں دیکھا کوئی نہیں تھا۔

کرسی پر دیکھا کوئی نہیں تھا۔

میز کے نیچے دیکھا کوئی نہیں تھا۔

سب نہ جانے کہاں جا کر چھپ گئے تھے۔

کھانا آ گیا

اتنے میں امّاں کھانا لے آئیں

’’چلو بچّو کھانا آ گیا‘‘ امّاں نے میز پر رکابیاں رکھ دی تھیں۔ کٹوروں میں پانی بھر دیا تھا۔ رشید نے ہاتھ میں پانی کا لوٹا لیا۔’’آؤ بھائی! سب ہاتھ دھولو۔ کھانا کھانے سے پہلے ہاتھ ضرور دھونے چاہئیں ۔‘‘

سب نے ہاتھ دھوئے اور آمنے سامنے بیٹھ گئے۔ چنّو نے منّا اور منّی کو ایک طرف دیوار سے لگا کر کھڑا کر دیا، اور خود سب کے برابر آ کے بیٹھ گئے۔ میاؤں میاؤں بھی آئیں۔ مگر بھوں بھوں دور ہی کھڑے دُم ہلاتے رہے۔

میاؤں میاؤں نے دیکھا کہ سب ہاتھ دھو کر آئے ہیں تو انھوں نے بھی اپنے ہاتھ صاف کرنے چاہے۔ زبان سے انھیں چاٹ لیا۔

امّاں نے کہا پہلے ان کو دے دوں ، پھر ابھی تمھارے لیے لاتی ہوں ۔‘‘

میاؤں میاؤں کے سامنے دودھ کا پیالہ رکھ دیا۔ بلّی نے کہا’’میاؤں میاؤں‘‘ اور دودھ پینے لگی ۔

بھوں بھوں کو ایک بڑی سی ہڈی دے دی۔ بھوں بھوں نے کہا،’’غُرغُر!‘‘ بھوں بھوں ہڈی منہ میں دبا ایک طرف کو ہو گیا۔ دُم سے زمین پر جھاڑو دے کر بیٹھ گیا اور ہڈی چبانا شروع کر دی۔

امّاں نے بڑی سی رکابی میں کھچڑی نکالی اور میز پر بیچ میں رکھ دی۔

گرم گرم خوب بھاپ نکل رہی تھی۔ ایک پیالی میں گھی لا کر رکھ دیا۔ ایک میں دَہی۔ موہن نے کہا،’’گھی تو بہت اچھا ہے، کیسا پیلا پیلا صاف ہے ۔‘‘

امّاں نے کہا،’’اپنی گائے کا ہے۔ کچھ دودھ ہم سب پیتے ہیں ، کچھ جما دیتے ہیں ۔ کبھی دَہی کو جمع کر کے گھی نکال لیتے ہیں ۔‘‘

سب نے چمچے سے کھچڑی میں گھی ڈالا۔ چنّو نے گھی کا چمچا دَہی میں ڈال دیا۔

بچوں کی کہانیاں   از : ڈاکٹر ذاکر حسین

رشید نے کہا، ''چنو میاں یہ دوسرا چمچا لے لو۔ اس سے دہی نکالو۔'' سب نے دہی اور گھی ملا کر خوب کھچڑی کھائی۔ اس نے کہا، ''چٹنی ہوتی تو بڑا مزا آتا۔''

امّاں نے کہا، ''جلدی میں لانا بھول گئی، ہرے پودینے کی چٹنی تو بنا رکھی ہے۔'' جھٹ جا کر ایک منّھی سی تشتری میں چٹنی لا کر رکھ دی۔

سب نے تھوڑی تھوڑی کھچڑی اور لی، مگر رشید نے کہا،''بھائی ہم تو کھچڑی کھا چکے۔ ذرا سی مِلتی تو چٹنی سے دونوالے اور کھاتے۔''

امّاں نے کہا،'' ہاں ہاں! روٹی بھی ہے، مگر ٹھنڈی ہے۔ چپاتی کا ٹکڑا دوں یا خمیری روٹی کا۔''

رشید نے کہا، ''خمیری دے دو۔''

امّاں نے آدھی خمیری لا کر دی۔ رشید نے روٹی سے چٹنی لگا کر خوب مزے لے لے کر کھائی۔ پھر سب نے گرم پانی اور صابن سے ہاتھ دھوئے۔

منّی کی بیماری

سب کھانا کھا چکے تو موہن کو خیال آیا کہ چنو کی گڑیوں نے تو کچھ کھایا ہی نہیں۔ اس نے کہا،''ہم سب نے تو گرم گرم کھچڑی کھالی۔ مگر منّا اور منّی منہ ہی تکتے رہے۔''

امّاں نے کہا، ''نہیں، وہ تو کئی دن سے کچھ کھاتے ہی نہیں، کچھ جی اچھا نہیں ہے۔ منّے کو دست آ رہے ہیں منّی کی آنکھ آئی ہے۔''

یہ سنا تو سب نے کہا کہ دیکھیں کیا بات ہے؟

کیا دیکھتے ہیں کہ بے چاری منّی کی تو ایک ٹانگ ہی ٹوٹ گئی ہے۔ نہ جانے چنّو نے کہیں گرا دیا کہ یہ آپ کہیں پھسل کے گری۔ ایک ٹانگ الگ رکھی تھی۔ سب چلّا اٹھے، ''ارے ارے منّی کی تو ٹانگ ٹوٹ گئی ہے۔''

امّاں یہ سن کر دوڑیں، چنّو بھی دوڑے۔

امّاں نے کہا، ''جلدی سے ڈاکٹر کو بلاؤ، جلدی سے''

اسد نے کہا،''میں جاتا ہوں ابھی ڈاکٹر کو لاتا ہوں۔''

موہن ڈاکٹر بنے۔ارہر کی لکڑیاں پڑی تھیں۔ان میں سے ایک پتلی سی لکڑی کو بخار دیکھنے کا آلہ بنایا۔اسے کہتے ہیں،تھر،ما،می،ٹر۔

ایک ستلی پڑی تھی اسے گلے میں لٹکایااور اس میں مٹی کا ایک آب خوردہ باندھ لیا۔اور آئے کھٹ پٹ،کھٹ پٹ۔

''لو ڈاکٹر صاحب آ گئے۔ڈاکٹر صاحب آ گئے۔''

ڈاکٹر صاحب : آداب عرض ہے۔

سب : آداب عرض ہے ڈاکٹر صاحب۔

ڈاکٹر صاحب : کہیے کیا بات ہے؟ کون بیمار ہے؟

رشید : منّی بیمار ہے ڈاکٹر صاحب۔

ڈاکٹر صاحب : کہاں ہے منّی؟

رشید : ڈاکٹر صاحب چارپائی پر لٹا دیا ہے۔بہت بیمار ہے،ڈاکٹر صاحب! ٹانگ ٹوٹ گئی ہے،ڈاکٹر صاحب!

ڈاکٹر صاحب : بھائی! ہے کہاں؟

رشید : یہ ہے،چارپائی پر رضائی اوڑھے پڑی ہے۔بہت بیمار ہے،ڈاکٹر صاحب! ٹانگ ٹوٹ گئی ہے،ڈاکٹر صاحب۔

ڈاکٹر صاحب : اچھا بھائی اچھا! سمجھ گیا کہ منّی بہت بیمار ہے۔ذرا اسے دیکھ تو لوں۔ ''کہو منّی بیٹی کیسی ہو؟''

منّی : (رو رو کر) ڈاکٹر صاحب! آنکھ دکھتی ہے۔اور ٹانگ،ڈاکٹر صاحب، ٹوٹ گئی ہے،الگ ہو گئی ہے،ڈاکٹر صاحب الگ۔

ڈاکٹر صاحب : اوہو! اچھا تمھیں ذرا اچھی طرح دیکھ لیں۔اچھا ذرا منہ تو کھولو۔ یہ تھرما میٹر منہ میں رکھ لو۔

ڈاکٹر صاحب نے گھڑی نکالی۔ تھوڑی دیر بعد کہا، ''اب منہ سے تھرمامیٹر نکال لو۔''

پھر اس تھرمامیٹر کو دیکھا اور بولے، ''ہاں بخار تو ہے، کہو، آ آ آ، ہوں، ٹھیک ہے۔ گلا تو ٹھیک ہے۔ ذرا تمہارا سینہ بھی دیکھوں مگر تم تو اتنے کپڑے پہنے ہوئے ہو۔ پہلے کوٹ، اس کے نیچے مرزئی، اس کے نیچے کُرتا، اس کے نیچے بنیان! بھائی ذرا اِن کے یہ کپڑے اُتارو۔'' چنّو نے منّی کے کپڑے اُتارے۔ ڈاکٹر صاحب نے انگلی سے اِدھر ٹھوکا، اُدھر ٹھوکا۔ منّی کا آب خورہ چھاتی پر رکھا اور کہا: منّی کہو ایک دو تین۔ ہاں ایک، دو، تین۔ پھر ایک دو تین ... ذرا کھنکارو۔ پھر کھنکارو، ہوں ... سینہ بھی ٹھیک ہے۔ دل بھی ٹھیک ہے۔ بس میں نیلی شیشی میں ایک دوا بھیجوں گا، وہ آنکھ میں ڈالنا، گھنٹا گھنٹا بھر بعد۔ اور دیکھو منّی کے تولیے سے کوئی منہ نہ پونچھے۔ نہیں تو اس کی آنکھیں بھی دکھنے آ جائیں گی۔ اور ہاں! ذرا سوئی تاگا تو لانا منّی کی ٹانگ سی دوں۔''

ڈاکٹر نے دیکھتے دیکھتے منّی کی ٹانگ سی دی اور کہا: ''اب انہیں کرتا پہنا دو۔ اور اوپر سے لحاف اڑھا دو میں کل آ کر پھر دیکھ لوں گا۔''

چنّو نے ذرا اچک کر دیکھا تو منّی کی ٹانگ ڈاکٹر صاحب نے اُلٹی سی دی تھی۔ اُنگلیاں پیچھے اور ایڑی آگے۔

چنّو، ''ڈاکٹر صاحب! منّی کی ٹانگ تو اُلٹی لگ گئی۔''

ڈاکٹر نے کہا، ''خیر بھائی اب تو سِل گئی۔ یہ بھی کام دے گی۔ پھر کبھی کاٹ کر جوڑ دوں گا۔ اب تو منّی کو بہت تکلیف ہوگی۔ اچھا میں اب جاتا ہوں آداب عرض۔''

کہانی سنو

بچّوں نے شام سے کہنا شروع کیا،''اماں کہانی کہو، موہن بھی ہیں۔اسد بھی ہیں، پتّو بھی ہیں۔اماں کہانی سنو۔''

اماں نے کہا،''اچھا کیسی کہانی سنو گے؟''

اسد نے کہا،''مزے کی۔''

موہن نے کہا،''اچھی سی۔''

پتّو نے کہا،''ایسی جس سے ہنسی آئے۔''

اماں نے کہا،''اچھا سنو۔''

''ایک تھے لالو۔ایک تھے کالو اور ایک تھے بھالو۔لالو، کالو، بھالو، ساتھ ساتھ رہتے تھے۔ان کا گھر بہت اچھا تھا، صاف تھا۔تینوں بھی بہت صاف رہا کرتے تھے۔یہ دن کو ساتھ ساتھ کام کرتے تھے اور کھیلتے تھے۔رات کو اپنے اپنے کمرے میں جا کر سو جایا کرتے تھے۔سات بجے اور یہ سب سو گئے۔

ایک دن کیا ہوا، لالو بھی جا کر بچھونے پر لیٹ گئے، کالو تو سو گئے۔لالو بھی سو گئے مگر بھالو کو نیند نہیں آئی۔

بھالو نے دونوں آنکھیں بند کر لیں۔نیند نہ آئی۔سیدھی آنکھ کھولی۔پھر الٹی آنکھ کھولی۔پھر دونوں آنکھیں کھولیں۔پھر دونوں آنکھیں بند کر لیں مگر نیند نہ آئی۔

بھالو نے ادھر کروٹ لی بھالو نے ادھر کروٹ لی نیند نہ آنی تھی نہ آئی۔گھڑی بجنا

شروع ہوئی ایک، دو، تین، چار، پانچ، چھے، سات، آٹھ بج گئے اور نیند نہ آئی۔ نو بج گئے اور نیند نہ آئی۔

بھالو اُٹھے۔ کھڑکی میں سے منھ نکالا تو چندا ماموں اوپر سے دیکھ کر ہنس رہے تھے۔

چندا ماموں نے سیدھی آنکھ سے اشارہ کیا اور گانے لگے:

آؤ چلیں جی بھالو

آؤ اُڑیں جی بھالو

نیند تو اب آنے کی نہیں

آؤ چلیں جی بھالو

آؤ اُڑیں جی بھالو

بھالو بھیا بھالو

ادھر سے ہوا آئی۔ زائیں، زائیں، زائیں پھر ایک جھونکا آیا۔ زائیں، زائیں، زائیں، سارا گھر ہلنے لگا۔

بھالو کی چارپائی چلنے لگی۔ بھالو کو ڈر لگا۔ اس نے چلّا کر کہا، ''لالو! لالو! کالو! کالو!'' مگر نہ لالو بولے نہ کالو۔

چندا ماموں کی آواز آئی، وہی۔

آؤ چلیں جی بھالو

آؤ اُڑیں جی بھالو

نیند تو اب آنے کی نہیں

آؤ چلیں جی بھالو

آؤ اُڑیں جی بھالو

بھالو بھیا بھالو

بھالو کی چارپائی کھڑکی میں سے اُڑ کر باہر پہنچی۔ پھر باغ کے پیڑوں کے اوپر سے

اُڑ کر نہ جانے کہاں کہاں گئی۔ یہ بے چارہ ڈرتا رہا اور چلّاتا رہا۔

لالو لالو، کالو کالو

مگر کسی نے جواب نہ دیا، بس چندا ماموں گاتے رہے۔

آؤ اُڑیں جی بھالو

بھالو   بھیا   بھالو

ایک دفعہ دھم سے ہوا اور بھالو ریت پر آ رہے۔ بھالو نے ڈرتے ڈرتے ایک آنکھ کھولی، پھر دوسری آنکھ کھولی تو وہی کمرہ وہی مکان۔ چپکے سے اُٹھے اور لالو کے کمرے میں جھانک کر دیکھا۔ لالو سو رہے تھے ...''خُر خُر خُر''

بھالو بھی آ کر چپکے سے لیٹ گئے۔ آنکھیں بند کیں تو یہ بھی کرنے لگے ...

''خُر خُر خُر خُر۔''

بس کہانی ختم!

اندھا گھوڑا

بہت دِنوں کا ذکر ہے جب ہمارے دیس میں نیک لوگ بستے تھے اور دغا فریب بہت کم تھا۔ ہندو مسلمان سب ایک دوسرے کا خیال کرتے تھے اور کوئی کسی پر زیادتی نہ کر سکتا تھا۔ جو جس کا حق ہوتا اسے مل جایا کرتا تھا۔ ان دنوں میں ایک شہر تھا عادل آباد۔ پھر جب فرنگیوں نے یہاں قدم جمائے اور سارے سیاہ و سفید کے مالک بن بیٹھے تو ہم اپنی ذمہ داری پر سے رہی۔ رنگ رنگ کے عیب پیدا ہو گئے۔ جب زندگی پر سے اختیار اُٹھ جاتا ہے تو ایسا ہی ہوتا ہے۔ اپنی اپنی ڈھولکی اپنا اپنا راگ۔ سب اپنی اپنی سوچتے ہیں سب کی کوئی نہیں سوچتا۔ یوں ہم میں بے ایمانی آئی، جھوٹ بولنا اور جھوٹی گواہیاں دینا ہم نے سیکھا۔ ہوتے ہوتے اچھائیاں مٹنے لگیں۔ برائیاں ابھرنے لگیں۔ اسی میں شہر میں کھنڈر ہو گیا۔ اور ہوتے ہوتے اس کا نشان تک نہ رہا۔ اب فرنگی کا راج گیا۔ حکومت کی باگ اپنے ہاتھ آئی، تو ایک نہیں سیکڑوں عادل آباد بسیں گے، پھولیں پھلیں گے۔ اس وقت تو اس پرانے شہر کا کچھ حال تمھیں سنائیں۔

اس عادل آباد کے بسنے والے چوں کہ سب نیک اور ایمان دار ہوتے تھے اس لیے اگر چوری چکاری ہوتی، کوئی ڈاکہ پڑتا، یا کوئی کسی کا حق مار لیتا (اس لیے کہ نیکی کے ساتھ تھوڑی بہت بدی تو سدا لگی ہی رہتی ہے) تو دور دور سارے لوگوں کو خبر ہو جاتی تھی اور بات محلے محلے، گھر گھر پھیل جاتی تھی۔ ایسا کبھی کبھار ہی ہوتا تھا، برسوں پیچھے جب ایسا کوئی واقعہ ہوتا تھا تو اس کا حال شہر والے پہاڑیوں پر کھدوا دیتے تھے کہ دوسرے آگے آ گے

چل کر ایسا نہ کریں اچھے اور نیک چلن بنے رہیں۔اسی پرانے زمانے میں اس شہر کا ایک قصہ ہے جو ایک پہاڑی پر پتھر میں کھدا ہوا ہے۔شہر مٹ گیا لیکن قصہ ابھی تک باقی ہے ، قصہ یہ ہے :

اس عادل آباد میں ایک بہت مال دار دکان دار تھا۔دور دور کے ملکوں سے اس کا لین دین تھا۔اپنے دیس میں جو اچھا کپڑا بنتا تھا وہ یہاں سے دوسرے ملک کو بھیجا کرتا تھا اور وہاں سے طرح طرح کی اور چیزیں منگوا کر یہاں بھیجتا تھا۔اللہ نے اس کے کام میں بڑی برکت دی۔کاروبار دن پر دن بڑھتا ہی جاتا تھا۔اور اس کے پاس اتنی دولت ہو گئی تھی کہ کچھ حساب شمار نہ تھا۔ڈیوڑھی پر ایک چھوڑ دو دو ہاتھ جھومنے لگے۔گھوڑوں کی تو گنتی ہی نہ تھی لیکن ایک ابلق گھوڑا تھا جو اُس نے بہت سے دام دے کر ایک عرب سے خریدا تھا۔اُسے یہ بہت پیار کرتا تھا اور اس کا نام رکھا تھا ''سبک سیر۔''

ایک دن کا ذکر ہے کہ اس نے بہت سا سوتی کپڑا کابل بھیجا اور وہاں سے اس کے عوض پوستین منگائے تھے۔پوستینوں کے پہنچنے کا دن تھا۔خیال تھا کہ تیسرے دن تک سب مال عادل آباد تک پہنچ جائے گا۔لیکن تیسرا پہر تک آیا وہ تو شام ہو گئی اور مال کا کہیں پتہ نہ تھا۔دوکان دار کو فکر ہوئی کہ کیا بات ہے، مال کہاں رہ گیا۔مغرب کی نماز پڑھی مگر مال ندارد۔آخر کو اس نے سوچا چلو ذرا گھوڑے پر بیٹھ کر آگے چلے چلیں اور دیکھیں شاید کہیں راستے ہی میں مال آتا ہوا مل جائے۔یہ سوچ کر اس نے ''سبک سیر'' پر زین کسوائی اور شاہی سڑک پر جس پر سے مال آنے والا تھا گھوڑے پر سوار ہو کر نکل چلا۔شام کا وقت تھا ٹھنڈی ٹھنڈی ہوا چل رہی تھی۔دن میں ذرا پانی پڑا تھا اس وجہ سے مینڈک سب مل کر قیں قیں کر رہے تھے اور شام کے سناٹے میں ان کی آواز اور بھی اونچی معلوم ہوتی تھی۔دکان دار شہر سے بہت دور نکل گیا اور ایک جنگل میں پہنچ گیا۔ابھی وہ اپنے دھن میں آگے ہی جا رہا تھا کہ پیچھے سے چھ آدمیوں نے اس پر حملہ کر دیا۔اس نے ان کے دو ایک وار تو خالی دیے لیکن جب دیکھا کہ وہ چھ ہیں، میں اکیلا ہوں تو سوچا کہ

اچھا یہی ہے کہ ان سے بچ کر نکل چلو۔گھوڑے کو گھر کی طرف پھیرالیکن ڈاکوؤں کے پاس بھی گھوڑے تھے اُنھوں نے بھی گھوڑے پیچھے ڈال دیے۔اب تو عجیب حال تھا سارا جنگل گھوڑوں کے ٹاپوں سے گونج رہا تھا۔ایک بڈھا سا مینڈک جس کے ساتھ ساتھ اور سب مل کر چلّایا کرتے تھے اس آواز سے گھبرا گیااور بس ایک دفعہ قیں کر کے دوسری دفعہ کہنا بھول گیا۔دوسرے مینڈک بھی چپ ہو گئے اور سب ڈپ ڈپ پانی میں کود پڑے۔ بہت دیر تک بس البقِ سبک سَیر' آگے اور پیچھے ڈاکو پیچھے۔لیکن سچ یہ ہے کہ 'سبک سَیر' نے اس دن اپنے دام وصول کرا دیے کچھ دیر بعد چھکیوں گھوڑے پیچھے رہ گئے اور یہ اسی طرح سیدھا عادل آباد پہنچااور اپنے مالک کی جان بچا کر اُسے گھر لے آیا۔

☆

پہنچے کو تو 'سبک سَیر' گھر پہنچ گیا۔مگر بدن پر پسینہ اس قدر آیا تھا کہ جھاگ سے معلوم ہوتے تھے۔کچھ دنوں بعد پتا چلا کہ اُس نے اس روز اتنا زور لگایا کہ ٹاگیں بے کار ہو گئیں اور پھر کچھ دنوں میں غریب کی آنکھیں بھی جاتی رہیں۔لیکن دکان دار کو 'سبک سَیر' کا احسان یاد تھا۔وہ خوب سمجھتا تھا کہ 'سبک سَیر' نہ ہوتا تو اس روز بس جان گئی تھی۔چنانچہ اس نے حکم دے دیا کہ جب تک 'سبک سَیر' جیتا رہے اُسے روز صبح شام میں چھے سیر دانا دیا جائے اور کوئی کام اس سے نہ لیا جائے۔مالک کا حکم تھا، دانا برابر دیا جانے لگا۔لیکن جب کچھ دن گزر گئے تو دُکان دار نے کہا چھے سیر تو بہت ہوتا ہے چار سیر دیا کرو۔سائیس نے کہا،''حضور بہت اچھا'' چار سیر دانہ دیا جانے لگا۔کچھ دن اور گزرے اور دکان دار کو خیال آیا کہ 'سبک سَیر' تو بے کار ہی کھڑا رہتا ہے،بس تین سیر دانہ بہت ہے۔چند سال اور گزرے۔'سبک سَیر' جوان تھا اس لیے بھلا جلدی سے مر کیسے جاتا۔ایک دن دکان دار بولا اس 'سبک سَیر' کو دانے کی ایسی کیا ضرورت ہے یہ تو کھڑا ہی رہتا ہے۔بس سیر بھر دانا دے دیا کرو۔پھر کچھ عرصہ گزر گیا۔'سبک سَیر' بے چارہ بہت دبلا ہو گیا تھا۔اب وہ پہلی سی بات کہاں رہی تھی۔شکل صورت بھی ویسی نہ رہی۔دکان دار نے کہا یہ 'سبک سَیر' کو خواہ

مخواہ کیوں کھڑے کھڑے دانا دیا جائے۔کوئی خریدے تو نیچ ہی ڈالیں۔مگر بے چارے لنگڑے لولے اندھے 'سبک سیر' کو کون پوچھتا تھا، کسی نے دام نہ لگائے۔آخر کو ایک دن ہار کر دوکان دار نے کہا یہ کمبخت تو اب کھانے ہی کا ہے اسے بس ہانک دو۔ سائیس نے گھوڑے کو کھول دیا لیکن 'سبک سیر' تھان سے نہ ہٹا۔ بہت ہانکا لیکن وہ اپنی جگہ اڑا رہا۔تو سائیس نے لیا چابک اور ایک جمایا،سر سے سبک سیر کچھ کسمسایا لیکن پھر کھڑا ہو گیا۔ سائیس نے پھر ایک جمایا 'سر'۔غرض اسی طرح مار مار کر اس بے چارے کو باہر نکال دیا۔ 'سبک سیر' کے دل پر خدا جانے کیا گزری ہوگی۔ دوپہر کا نکلا شام تک وہیں سر جھکائے ہوئے دروازے کے سامنے رہا۔رات ہوئی تو وہیں سڑک کے کنارے بیٹھ گیا۔رات کو خوب مینہ برسا،اولے پڑے لیکن کس نے اسے اندر نہ آنے دیا۔ یہ بے چارہ اُمید لگائے وہیں کھڑا رہا۔تھک جاتا تو ذرا بیٹھ جاتا پھر کھڑا ہو جاتا۔گھر میں جہاں ذرا آواز ہوئی اور اس نے کان کھڑے کیے کہ شاید کوئی آتا ہے اور دروازہ کھول کر مجھے اندر لے جاتا ہے۔مگر کون آتا ہے۔آخر صبح ہوئی بھوک کے مارے بے چارہ 'سبک سیر' بے تاب ہو گیا اور صبر شکر کر کے وہاں سے چل کھڑا ہوا کہ اللہ بھلا کرے تمھارا،میں نے تمھارے ساتھ کیا کیا اور تم نے میرے ساتھ کیا کیا؟ چلنے کو تو بے چارہ چل کھڑا ہوا مگر آنکھوں سے اندھا تھا جگہ جگہ ٹکراتا ٹھوکریں کھاتا۔ادھر ادھر سونگھتا کہ کہیں کوئی دانا پڑا ہو، گھاس کا ٹکڑا ہو یا اور کچھ تو پیٹ میں ڈالے مگر کچھ نہ ملا۔

اب سنو،اسی عادل آباد میں ایک بڑی مسجد تھی اور ایک بڑا مندر۔اس میں نیک مسلمان اور ہندو آ کر اپنے اپنے طریقے سے اللہ میاں کا نام لیتے اور ان کو یاد کرتے تھے۔اسی مندر اور مسجد کے بیچ میں ایک بہت اونچا مکان تھا جس کے بیچ میں ایک بڑا سا کمرہ تھا۔اس کمرے میں ایک بہت بڑا گھنٹا لٹکا تھا۔جس میں ایک لمبی سی رسّی بندھی تھی۔ اس گھر کا دروازہ دن رات کھلا رہتا تھا،شہر عادل آباد میں جب کوئی کسی پر ظلم کرتا، یا کسی کا حق مار لیتا تو وہ اس گھر میں جاتا، رسّی پکڑ کر کھینچتا تو یہ گھنٹا اس زور سے بجتا تھا کہ سارے

شہر کو خبر ہو جاتی۔ گھنٹے کے بجتے ہی شہر کے پنچ اچھے مسلمان، ہندو وہاں آ جاتے اور فریادی کی فریاد سن کر اس کا انتظام کرتے۔

اتفاق کی بات 'سبک سیر' رات بھر مارا مارا پھرتا اور صبح ہوتے ہوتے اس گھر کے دروازے پر جا نکلا۔ دروازے پر جو کچھ روک ٹوک نہ تھی تو یہ سیدھا گھر میں گھس گیا۔ بیچ میں رسّی لٹکی تھی۔ یہ غریب مارے بھوک کے ہر چیز پر منہ چلاتا تھا۔ رسّی کو بھی لگا چبانے، رسّی چبانے میں جو ذرا کھنچی تو گھنٹا بجا۔ مسلمان اپنے مسجد میں نماز کے لیے جمع تھے، پجاری مندر میں پوجا کر رہے تھے۔ گھنٹا جو بجا تو سب چونک پڑے اور اپنی عبادت ختم کر سب اس گھر میں آن جمع ہوئے۔ شہر کے پنچ بھی اب جو دیکھتے ہیں تو 'سبک سیر' کھڑا ہے۔ پنچوں نے پوچھا یہ اندھا گھوڑا کس کا ہے۔ لوگوں نے بتایا یہ اس تاجر کا ہے۔ اس نے تاجر کی جان بچائی تھی۔ پوچھا گیا تو معلوم ہوا کہ اب تاجر نے اسے نکال باہر کیا ہے۔ پنچوں نے تاجر کو بلوایا سب کی عجیب حالت تھی۔ ایک طرف اندھا گھوڑا کھڑا تھا۔ اس کے زبان نہ تھی جو شکایت کرتا۔ دوسری طرف تاجر کھڑا تھا۔ لیکن سب جانتے تھے کیا معاملہ ہے اور سب سے زیادہ یہ تاجر خود جانتا تھا۔ شرم کے مارے آنکھیں جھکا کر کھڑا رہا۔ پنچوں نے کہا تم نے اچھا نہیں کیا۔ اس گھوڑے نے تمہاری جان بچائی اسی میں اندھا ہوا، لنگڑا ہوا اور تم نے اس کے ساتھ کیا کیا؟ تم آدمی ہو یا جانور۔ آدمی سے اچھا تو جانور ہی رہا۔ ہمارے شہر میں ایسا نہیں ہوتا۔ یہاں ہر ایک کو اس کا حق ملتا ہے اور احسان کا بدلہ احسان سمجھا جاتا ہے۔ تاجر کا چہرہ شرم سے سرخ ہو گیا۔ آنکھوں سے آنسو نکل پڑے۔ بڑھ کر اس نے گھوڑے کی گردن میں ہاتھ ڈال دیے۔ اس کا منہ چوما اور کہا میرا قصور معاف کر۔ یہ کہہ کر اس نے 'سبک سیر' کو ساتھ لیا اور گھر لایا۔ پھر مرتے دم تک اس کے ہر طرح کے آرام کا انتظام رہا۔

آخری قدم

آؤ، آج تمھیں ایک بہت اچھے آدمی کا حال سنائیں جسے اس کے جیتے جی بہتیرے لوگ بُرا بُرا کہتے تھے اور مرنے کے بعد بھی اس کی نیکی کا حال بس وہی جانتے ہیں جن کے ساتھ اس نے بھلائی کی تھی اور شاید بعض تو ان میں سے بھی بھول گئے ہوں گے۔

اس نیک آدمی کے پاس بڑی دولت تھی مگر یہ ان لوگوں میں تھا جو اپنے دھن دولت کو اپنا نہیں سمجھتے بلکہ اللہ میاں کی امانت جانتے ہیں۔ جو بس اس لیے ان کے سپرد کی جاتی ہے کہ اسے اس کے بندوں پر صرف کریں۔ خود ان کی اجرت یہ ہے کہ اس میں سے یہ بھی بس موٹا جھوٹا پہن لیں اور دال دلیا کھا کر گزر کر لیں۔

ہاں، تو یہ نیک آدمی بھی اپنی دولت سے خود بہت کم فائدہ اٹھاتا تھا۔ ایک صاف سے مگر بہت چھوٹے مکان میں رہتا تھا۔ گزی گاڑھے کے بہت معمولی کپڑے پہنتا تھا اور کھانے کا کیا بتاؤں کبھی چنے چبا لیے، کبھی مکّا کی کھیلیں کھا لیں۔ ایک وقت ہنڈیا چڑھی تو تین وقت کے کھانے کا انتظام ہو گیا۔ دوست احباب جنھیں اس کے حال کی خبر تھی طرح طرح سے اسے کھیل تماشوں میں، رنگریلیوں، میں گھسیٹنا چاہتے تھے۔ مگر یہ ہمیشہ کچھ نہ کچھ بہانا کر کے ٹال دیتا تھا۔ آخر کو سب میں بڑا کنجوس مشہور ہو گیا۔ اس کے دوست اسے 'میاں مکھی چوس' کہا کرتے تھے۔ بعض دوست اس کی دولت کی وجہ سے جلتے بھی تھے۔ وہ اسے اور بھی چھیڑتے اور بدنام کرتے تھے۔ مگر یہ دھن کا پکا تھا۔ برابر چپ

چھپ کر چپ چپاتے اپنی دولت سے کسی نہ کسی مستحق کی مدد کرتا ہی رہتا تھا۔ اور اس طرح کی سیدھے ہاتھ سے دیتا تو اُلٹے کو خبر نہ ہوتی اور زبان پر ذکر آنے کا تو ذکر ہی کیا۔

نہ جانے کتنی بیوائیں اس کے روپے سے پلتی تھیں! کتنے یتیم اس کی مدد سے پڑھ پڑھ کر اچھے اچھے کاموں سے لگ گئے تھے۔ کتنے مدرسے اس کی سخاوت سے چل رہے تھے۔ کتنے قومی کام کرنے والوں کو اس نے روٹی کپڑے سے بے فکر کر دیا تھا اور وہ یک سوئی سے اپنی اپنی دُھن میں لگے ہوئے تھے۔ کئی شفا خانوں میں دوا کا سارا خرچ اس نے اپنے سر لے لیا تھا اور ہزاروں دکھی بیماروں کو بے جانے اس کے روپے سے روز پہنچتا تھا۔ لیکن یہ مشہور تھا وہی ’کنجوس، مکھی چوس‘ دنیا کا کتّا ، نہ اپنے کام آئے نہ کسی اور کے۔ کوئی اس پر ہنستا تھا، کوئی خفا ہوتا تھا۔ سب اسے برا سمجھتے تھے۔

آدمی کتنا ہی نیک ہو، دوسروں کے ہر دم برا کہنے سے جی دکھتا ہی ہے۔ اس کے دل کو بھی کبھی کبھی بڑی ٹھیس لگتی تھی۔ جھنجلاتا تھا، آنکھوں میں آنسو بھر بھر آتے تھے مگر پھر صبر کر لیتا تھا۔

اس کے پاس ایک خوبصورت سی کتاب تھی۔ چکنا چکنا موٹا کاغذ، نیلے کپڑے کی سبک سی جلد۔ پشتے پر سنہرے حرفوں میں لکھا ہوا ’حساب امانت‘ اس کتاب میں یہ اپنا پیسے پیسے کا حساب لکھا کرتا تھا۔ جس کو کبھی کچھ دیا تھا سب اس میں درج تھا۔ کہیں کہیں کیفیت کے خانے میں بڑی دل چسپ باتیں لکھی تھیں۔ یہ سب بعد کو لکھی گئی تھیں۔ کسی یتیم کو پڑھنے کے لیے وظیفہ دیا ہے۔ ۱۵ سال بعد کی تاریخ دے کر کیفیت کے خانے میں درج ہے ’اب احمد آباد میں ڈاکٹر ہیں اور وہاں کے یتیم خانے کے ناظم ۔‘‘ کتابوں کے ایک کاروباری کو سخت پریشانی کے زمانے میں دو ہزار روپے دیے ہیں۔ کئی سال بعد کیفیت کے خانے میں لکھا ہے۔’’آج خط آیا کہ انھوں نے رسول اکرم کی سیرت پاک نہایت صاف اور سادہ زبان میں لکھوا کر ایک لاکھ نسخے طلبا میں مفت تقسیم کیے ہیں۔ خدا جزائے خیر دے۔‘‘ دلّی کے ایک مدرسے کو ایسے وقت کہ اس کا کوئی مددگار نہ تھا دس ہزار روپے

دیے تھے۔اندراج رقم کے سامنے کیفیت میں لکھا تھا۔''سالانہ رپورٹ پڑھی، ہر صوبے میں اس کی ایک شاخ قائم ہوگئی ہے۔اس صوبے میں تو گاؤں گاؤں میں تعلیمی مرکز قائم کر دیے ہیں۔یہ کام نہ ہوتا تو اس ملک میں مسلمانوں کی تمدنی ہستی کبھی کی ختم ہو چکی تھی۔''اس قسم کے بے شمار اندراجات تھے۔

اس کتاب کو یہ اکثر اٹھا کر پڑھنے لگتا تھا۔خصوصاً جب کسی نادان دوست کی زبان سے دل دکھتا تو ضرور اس کتاب کی ورق گردانی کی جاتی تھی۔اسے دیکھ کر کبھی مسکراتا بھی تھا۔اس کا ارادہ تھا کہ مرتے وقت یہ کتاب ان لوگوں کے لیے چھوڑ جاؤں گا جو عمر بھر مجھے پہچانے بغیر میرا دل دکھاتے رہے۔اس ارادے سے اسے بڑی تسکین ہوتی تھی۔سو سنار کی ایک لوہار کی۔ انھوں نے ہزار دفعہ میرا جی خون کیا ہے۔ میں ایک دفعہ انھیں ایسا شرماؤں گا کہ بس سر نہ اُٹھے گا۔ یہ سوچتا تھا اور خوش ہوتا تھا۔ہوتے ہوتے بڑھاپا آن پہنچا۔ بدن جواب دینے لگا۔ روز کوئی نہ کوئی بیماری کھڑی ہے۔ایک دفعہ دسمبر کا مہینہ تھا۔ سخت بیمار ہوا۔ بخار اور کھانسی۔ ایک دن ، دو دن ،تیسرے دن سینے میں سخت درد شروع ہوا۔ کوئی دو پہر غفلت رہی۔ ہوش آیا تو سانس لینے میں بھی تکلیف ہوتی تھی۔نمونیا کا حملہ کا اور سخت حملہ۔ شام سے حالت غیر ہونے لگی۔ بار بار غفلت ہو جاتی۔تھوڑی دیر کو ہوش آتا، پھر غفلت کوئی چار بجے کے قریب ہوش آیا تو اس کی سمجھ میں آ گیا کہ اب وہ وقت آن پہنچا ہے جو سب کے لیے آتا ہے اور جس سے کوئی بھاگ کر بچ نہیں سکتا۔چار پائی کے پاس پہ میز پر وہ نیلی خوبصورت کتاب 'حساب امانت' رکھی تھی جسے ابھی بیماری میں بھی دو دِن پہلے اُٹھا کر پڑھا تھا۔ چند لمحے اس کی طرف غور سے دیکھا۔آنکھوں سے آنسو بہنے لگے۔ ایسے کہ تھمتے ہی نہ تھے۔ کتاب کی طرف ہاتھ بڑھا کر اسے اُٹھانا چاہا۔ کئی مرتبہ کی کوشش میں اسے مشکل سے اُٹھا پایا۔ پھر کچھ سوچ میں پڑ گیا۔ یہ عظیم الشان گھڑی اور یہ چھوٹا خیال ... ان کو شرما کر تجھے کیا ملے گا ...تو اپنا کام کر چلا ...اپنے کام سے کام ... منزل آ پہنچی ...آخری قدم کیوں ڈگمگائے؟'' دونوں ہاتھوں میں کتاب

تھامی، ہاتھ تھر تھرا رہے تھے۔ جیسے کوئی بہت بڑا بوجھ اُٹھایا ہو۔ بڑی مشکل سے تکیے پر سے سر بھی کچھ اُٹھایا اور ناتواں جسم کی ساری آخری قوت صرف کر کے کتاب کو اس پاس والی بڑی انگیٹھی میں پھینک دیا جس میں کوئی ڈھائی بجے نوکر نے بہت سے کوئلے ڈالے تھے اور میاں کو سوتا جان کر دوسرے کمرے میں جا کر سو گیا۔

کتاب جلنے لگی۔ اس کی نظر اسی پر جمی تھی۔ جلد کے جلنے میں دیر لگی۔ پھر اندر کے کاغذوں میں آگ لگی تو ایک شعلہ اُٹھا۔ اس کی روشنی میں اس کے ہونٹوں پر ایک خفیف سے مسکراہٹ دِکھائی دی اور چہرے پر ایک عجیب اطمینان۔ اُدھر مؤذّن نے ''اشہد انَّ محمداً رسول اللہ'' کہا اور نیکیوں کے اس کارواں سالارِ رسالت کے اعلان کے ساتھ ساتھ اس کی اُمّت کے اس نیک راہ رونے ہمیشہ کے لیے آنکھیں مؤند لیں۔

سچی محبت

جنگل ہی جنگل تھے اور پھر پہاڑیاں ہی پہاڑیاں۔ ساتویں جنگل کے پیچھے اور ساتویں پہاڑی کے پرے ایک مچھیرا رہتا تھا جوان اور خوبصورت۔ وہیں ایک گڈریا رہتا تھا۔ اس کی ایک بیٹی تھی، بس جیسے چاند کا ٹکڑا۔ یہ بچّی بھیڑیں چرایا کرتی تھی اور تھی بھی ایسی ہی غریب اور بھولی بھالی جیسی اس کی بھیڑیں۔ دونوں کو ایک دوسرے سے محبت ہو گئی۔ لڑکی کی نظر میں مچھیرا کسی شہزادے سے کم نہ تھا اور مچھیرے کے دل سے پوچھو تو کوئی شہزادی اس غریب لڑکی کی برابری نہ کرتی تھی۔ مگر تھے دونوں بہت غریب۔ مچھیرا یہی سوچا کرتا کہ اس غریبی میں شادی کیا ہوگی، ہو بھی گئی تو گزارا کیسے ہوگا۔

اسی سوچ میں ایک مرتبہ رات بھر آنکھ نہ جھپکی۔ کروٹیں بدل بدل کر اور آنسو بہا بہا کر ساری رین کاٹی۔ اس رب کا دھیان باندھا جو بپتا میں یاد آتا ہے اور کہتے ہیں کہ دکھی کی ضرور سنتا ہے۔ صبح گجر دم مچھلیاں پکڑنے دریا پر پہنچا۔ دریا میں جال پھینکا تو دل ہی دل میں دعا مانگی کہ ''اے میرے مولا، آج تو جال بھرے مچھلیاں دلوا دے اور ہاں سنہری مچھلیاں ہوں سنہری، آنکھیں ہیرے کی ہوں، سفنے سونے کے ہوں، اور ان کی ننھی ننھی ہڈّیاں اور کچھ نہیں تو موتیوں کی تو ہوں۔'' یہ سوچا اور جال پھینکا۔ اور وہیں زمین پر لیٹ گیا۔ کوئی تین گھنٹے یوں ہی پڑا انتظار کرتا رہا۔ آنسو تھے کہ تھمتے نہ تھے۔ ساری زمین اس کے گرم گرم آنسوؤں سے گیلی ہوگئی تھی۔ آخر کو اٹھا تو بھاری جال کو خوب زور لگا کر کھینچا تو جال بھرا ہوا تھا۔ مگر پتھروں سے!

اس نے پھر دعا مانگی، ”میرے پیارے خدا، اس دفعہ تو اچھا سا جھول دے، سنہری مچھلیوں کا، جن کے دیدے ہیرے کے ہوں اور سفنے سونے کے اور جن کی ننھی ننھی ہڈّیاں کچھ نہیں تو موتی کی تو ہوں۔“ یہ کہہ کر پھر دوسری مرتبہ جال دریا میں پھینکا اور زمین پر لیٹ گیا۔ کوئی نو گھنٹے وہیں پڑا رہا۔ ساری زمین اس کے آنسوؤں سے تر ہوگئی، پھر اُٹھا۔ اب کے جال اتنا بھاری تھا کہ کھینچے نہ کھینچتا تھا۔ مگر اس میں نکلا کیا؟ سڑی گلی لکڑی کا ایک بہت بڑا سا ٹکڑا!

اندھیرا ہو چلا تھا۔ دریا اپنی شام کی عبادت کر چکا تھا اور چڑیاں بھی اپنا شام کا گیت گا کر بسیرا لے چکی تھیں۔ سورج بھی زمین سے رخصت ہو چکا تھا۔ مگر نیند کے مارے دریا کے کنارے مچھیرا اپنی جگہ کھڑا تھا، پانی میں اپنا جال پھیلائے۔ تیسری دفعہ جو جال کو کھینچا تو معلوم ہوا کہ جال ایسا ہلکا ہو گیا ہے جیسے مکڑی کا جالا۔ اتنا ہلکا کہ پھول کو حیرت ہوتی تھی۔ اوپر چاند چمک رہا تھا۔ اس کی روشنی میں مچھیرے نے دیکھا کہ سارا جال چاندی کا ہو گیا ہے اور اس کے اندر جو دریائی گھاس ہے وہ ساری سونے کی ہے۔

اس سنہری گھاس پر ایک ننھا سا فرشتہ لیٹا تھا۔ اس کے پر موتی کی طرح جھل جھل ہوتے تھے۔ فرشتے نے مچھیرے سے کہا، ”میں اس دریا کی تہہ میں لاکھوں سال سے پڑا تھا، لاکھوں سال سے، جب سے دنیا بنی تھی اس وقت سے میں نے کوئی قصور نہیں کیا تھا کہ اس کی سزا میں اللہ میاں نے مجھے یہاں بھیجا ہو۔ مجھے تو دیس نکالا ملا تھا آدم اور حوّا کی چوک پر کہ انھوں نے باغِ عدن میں مجھے ہمدم بنایا نہیں سانپ کو بنالیا۔ پھر اس پیڑ کا پھل کھا کر جس سے انھیں منع کیا گیا تھا میرے نام کو بھی بٹّا لگایا۔ اسی وجہ سے وہ بھی نکالے گئے۔ اور میں بھی نکالا گیا کہ میں ان کی سچّی محبت کا فرشتہ تھا۔ یہی بات تو ہے کہ آدمی اب سانپ کی سی محبت کرتے ہیں، وہ محبت جو سب بگاڑ دیتی ہے، جو دلوں میں اور دلوں کے پاک جذبوں میں زہر بھی دیتی ہے۔ وہ جو پہلی محبت تھی، سچّی، پاک محبت، اسے سب نے چھوڑ دیا ہے۔ اور اس کا شائبہ بھی اب انسانوں میں باقی نہیں۔ بس حرص ہے

اور ہوس، پیارے مچھیرے، اب پھر کہیں اس گدلے پانی میں مجھے نہ ڈال دینا۔ مجھے اپنے ساتھ لے چل، اپنی پیاری گڈرنی کے پاس لے چل میں تجھے وہ خوشی بخشوں گا جو کسی کو نصیب نہ ہوئی ہوگی۔"

مچھیرا بولا! ایک شیش محل بنا دو گے، میری پیاری گڈرنی کے لیے، مجھے بہت سا سونا چاندی دے دو گے کیا کہ میں اسے ہمیشہ خوش رکھ سکوں اور ایسا کروں کہ وہ پھر کسی چیز کو نہ ترسے اور بھوک پیاس کی تکلیف نہ اٹھائے؟"

فرشتہ بولا، "میری محبت کے لیے خوشی کا سامان محلوں سے نہیں ہوتا۔ میری محبت نہ بھوک کو جانتی ہے، نہ دھن دولت کو پہچانتی ہے۔ بھوک بھی خدا کی طرف سے سزا ہے اور سونے چاندی کا لالچ بھی۔ اور یہ سزا اس نے آدمیوں کو اس لیے دی ہے کہ پہلے محبت کرنے والوں نے محبت کے نام کو بٹّا لگایا تھا۔"

فرشتے نے یہ بات ایسے بھولے انداز سے کہی کہ مچھیرے کی سمجھ میں آ گئی۔ اس نے جھٹ اس فرشتے کو ایسی سچائی اور ایسے جوش کے ساتھ گلے لگا یا کہ وہ ہمیشہ کو اس کے دل میں اتر گیا۔ نہ چاندی کے جال کا خیال کیا نہ سونے کی گھاس کا۔ سب دریا میں ڈال دیا اور اپنی گڈرنی کا دھیان ساتھ ساتھ لیے گھر کو لوٹا۔

ماں

ماسٹر حمید دلّی شہر میں ایک مدرسے میں پڑھاتے تھے ان کا گھر مؤرشید آباد میں ایک محلّہ پہاڑی ہے، وہاں تھا۔ان کے باپ بڑھئی کا کام کرتے تھے۔حمید کی تعلیم پہلے تو محلّے کی مسجد میں ہوئی۔تھوڑے دن ملّا جیون کے مکتب میں انھوں نے پڑھا۔پھر باپ نے تحصیل کے مدرسے میں داخل کرا دیا۔حمید اردو مڈل کا امتحان دینے والا تھا کہ بستی میں طاعون کی ایسی وبا پھیلی کہ گھر گھر ماتم تھا۔اس وبا میں حمید کے باپ کا بھی انتقال ہو گیا۔ حمید کی ماں کے پاس کفن دفن کے بعد کل ستائیس روپے بچے۔حمید مڈل کے امتحان میں پاس ہو گیا۔اب اسے انگریزی پڑھنے کا شوق ہوا۔حمید نے مڈل کے امتحان کے لیے ساری دنیا کا جغرافیہ یاد کر ڈالا تھا مگر عجیب بات ہے جب اس نے سوچا کہ کسی شہر میں جا کر انگریزی پڑھوں تو بس ایک دلّی کا خیال ذہن میں آیا۔شاید اس لیے کہ بچپن میں کہانیوں میں دلّی شہر کا ذکر سنا تھا اس لیے کہ اس محلّے کے ایک صاحب دلّی میں پولیس میں نوکر تھے اور ہر برس دو برس گھر میں آیا کرتے تھے۔حمید نے ان سے ایک دفعہ پوچھا تھا کہ دلّی کیسا شہر ہے تو انھوں نے کچھ مسکرا کر بوجھ بھجکّڑ کی طرح کہا تھا، ''میاں لڑکے تم ان چیزوں کو کیا سمجھو، دلّی بڑا گھٹا ہوا شہر ہے۔''

خیر تو حمید کے نزدیک دلّی ہی ایک شہر تھا جہاں جا کر یہ انگریزی مدرسے میں پڑھ سکتا تھا۔ ماں سے پندرہ روپے لیے اور دلّی پہنچا۔اس گھٹے ہوئے شہر میں گھنٹوں گھومنے کے بعد یہ گلی قاسم جان میں اپنے پڑوسی نصر اللہ خاں کانسٹیبل کے گھر پہنچا۔نصر اللہ خاں

نے جو حمید کے باپ کو اچھی طرح جانتے تھے، حمید کی بڑی خاطر کی اور اپنے چھوٹے سے مکان کے دروازے میں اس کے لیے ایک کھولا ڈال دیا۔حمید اب یہیں رہنے لگا۔ایک مدرسے میں نام بھی لکھ گیا اور تین سال میں یہ دسویں درجے تک پہنچ گیا۔اس زمانے میں حمید نے اپنی جماعت کے ایک لڑکے کو جو حساب میں کمزور تھا، حساب پڑھانا شروع کر دیا۔ اس لڑکے کے کام باپ حمید کو سات روپے مہینہ دیا کرتا تھا۔حمید نے نصراللہ خاں سے کہا کہ اب میرے پاس دام ہیں ۔ آپ اجازت دیں تو میں بھٹیارے کے ہاں روٹی کھا لیا کروں۔ نصراللہ خاں نے کچھ اس طرح کہا کہ ”صاحبزادے کچھ بے وقوف ہوئے ہو۔“ حمید کی پھر ہمت نہ پڑی کہ کچھ کہے۔

دس مہینے میں حمید نے ستّر روپے تو دلّی میں کمائے اور جو پندرہ ماں سے لے کر چلا تھا اس میں سے بھی دس باقی تھی۔ایک دفعہ ماں نے اور دو روپے کا منی آرڈر بھیجا تھا کل ہوئے بیاسی روپے۔مدرسے میں سردیوں کی چھٹّی تھی۔ نصراللہ خاں نے بھی رخصت لی اور وطن کا قصد کیا تو حمید کو ساتھ لیتے گئے ۔

اس زمانے میں حمید کی ماں کے پاس بس اپنے شوہر کے وقت کے بارہ روپے تھے اور آنگن والا کٹھل کا پیڑ جو ہر سال پچیس تیس روپے میں بک جاتا تھا۔مگر جب حمید گھر پہنچتا ہے تو ماں نے ایک عزیز کے یہاں اس کی شادی کا سارا بندوبست کر رکھا تھا۔ شادی جیسے تیسے ہوگئی۔شادی کے ساتویں روز حمید دلّی واپس چلا آیا۔ یہاں آ کر امتحان کی تیاری میں لگ گیا۔ مارچ میں امتحان ہوا اور یہ دوسرے درجے میں پاس ہو گیا۔اب نوکری کی فکر ہوئی ۔ بہت دن اِدھر اُدھر مارے مارے پھرنے کے بعد ایک مدرسے میں عوضی پر کام کرنے کا موقع ملا۔حمید آدمی تھا محنتی، اس کا صدر مدرس اس کے کام سے بہت خوش ہوا اور اس نے ایک جگہ پکی دلوا دی ۔

حمید کو اب بیس روپے مہینہ ملتے تھے۔اس نے پھر ہمت کر کے نصراللہ خاں سے کہا کہ ”چچا، اگر اجازت دیں تو میں الگ کوئی کوٹھری لے لوں۔“ نصراللہ خاں نے کہا

''اچھا میاں، تمھاری یہی رائے ہے تو لے لو۔'' اور کچھ دیر کے بعد بولے، ''میں خود تمھیں سستا سا مکان ڈھونڈ دوں گا جس میں زنانہ بھی ہو۔'' حمید خوب بھی سوچ رہا تھا کہ اب اپنی بیوی کو مؤ سے جا کر لے آئے۔ نصراللہ خان کی بھی رائے معلوم ہوئی تو تین روپے ماہوار کا ایک چھوٹا سا بے آنگن کا گھر ملتے ہی تین دن کی رخصت لے کر گھر لے آیا اور اپنی بیوی کو ساتھ لے آیا غریب ماں پھر اکیلی رہ گئی۔

بیوی کو دہلی لائے سات برس ہو گئے۔ اس زمانے میں حمید کے یہاں تین لڑکے ہوئے اور ایک لڑکی جس میں سے دو لڑکے مر گئے۔ بیوی بھی بہت بیمار رہی۔ ایک دفعہ خود اسے بھی لو لگ گئی تو کوئی تیرہ چودہ دن چار پائی پر پڑا رہا۔ اُدھر مدرسے میں بھی کام بڑھتا گیا۔ تنخواہ اب تیس روپے تھی۔ اور دس روپے مہینے پر ایک لڑکے کو اس کے گھر بھی پڑھایا کرتا تھا۔ مگر دلّی کا خرچ، بال بچّوں کا ساتھ۔ غریب حمید کے پاس بچتا بچاتا کچھ نہیں تھا۔ اس لیے ماں کے خط پر خط آتے تھے، خود بھی اس کا جی بہت چاہتا تھا مگر گھر جانے کی نوبت نہ آتی۔

ماسٹر حمید کا قاعدہ تھا کہ صبح محلّے کی مسجد میں نماز پڑھی اور اپنے دروازے پر ایک چار پائی پر بیٹھ کر آدھا پارہ قرآن مجید کا پڑھا۔ پھر اور کوئی کام کیا۔ تقریباً روز جب یہ نماز پڑھ کر لوٹتے تو ایک ستّر برس کی بوڑھی، سفید بالوں اور جھکی کمر والی دھوبن 'جنکیا' راستے میں اپنی لادی لیے گھاٹ کو جاتی ملتی تھی۔ نہ جانے کیا بات ہوئی کہ سات آٹھ دن سے جنکیا نہ ملی۔ کوئی ایسی بات نہ تھی مگر آٹھویں دن جب ماسٹر حمید صبح مدرسے کے جانے کے لیے نکلے تو کونے والے گھر کے پاس سے گزرتے ہوئے نہ رہا گیا اور انھوں نے ڈیوڑھی میں قدم رکھ کر ایک لڑکے سے جو سامنے تھا پوچھا ''اماں لڑکے، جنکیا دھوبن کا کیا حال ہے؟'' لڑکے نے کہا ''جنکیا تو کل رات کو ایک بجے مر گئی۔ اس کی برادری والے کل جمنا پر اُسے پھونک بھی آئے۔''

ماسٹر حمید کا بے چاری جنکیا سے کیا واسطہ! مگر یہ خبر سن کر ان کا کلیجا دھک سے ہو

گیا۔ راستے بھر سر جھکائے نہ جانے کیا کیا سوچتے رہے۔ مدرسے پہنچتے تو اداس، اداس۔ ساتھیوں نے پوچھا بھی کہ کہیے مزاج کیسا ہے۔ یہ کہہ کر کہ ''کوئی بات نہیں۔'' ٹال دیا۔ گھر آئے تو بھی سست سست، بیوی نے پوچھا تو اُسے بھی کچھ نہ بتایا مگر تیسرے روز بقر عید کی چھٹی ہونے والی تھی۔ حمید نے دو دن کی رخصت کی درخواست اور دی اور عین بقر عید کے دن مؤرشید آباد کا ٹکٹ لے ریل میں سوار ہو گیا۔ عید کا دن ریل میں کٹا۔ نہ نماز نہ قربانی، مگر دن بھر اس سفید سر کا دھیان لگا رہا جس نے برسوں سوتے وقت اس کے بستر پر جھک کر دعائیں دی تھیں، اس کی گود کا جس میں برسوں اس نے آرام کیا تھا، اس چہرے کا جسے دیکھ کر اس کی ساری پریشانیاں دور ہو جاتی تھیں اور جسے اب کوئی سات برس سے نہ دیکھا تھا۔

حمید کوئی بُرا بیٹا نہ تھا۔ کوئی یہ بھی نہ سمجھے کہ ماں کی محبت اس کے دل میں نہ تھی یا جورو بچّوں میں پڑ کر یہ اپنی ماں کو بھول گیا تھا۔ یہ سال میں تین چار مرتبہ اپنی ماں کو چار چار پانچ پانچ روپے کا منی آرڈر بھیج دیتا تھا اور یہ رقم اس غریب بال بچّوں والے مدرس کے لیے بہت تھی۔ گھر ماں کو خط لکھتا تھا تو بچوں کے ہاتھ میں قلم دے کر خط پر کچھ نہ کچھ نشان دادی کے لیے کرا دیتا تھا۔ اس کی بیوی نے بھی کچھ لکھنا پڑھنا سیکھ لیا تھا وہ بھی برابر اپنے ہاتھ سے خط میں سلام لکھتی تھی۔ ماں کا خط بھی تقریباً ہر مہینے آجاتا تھا۔ اس میں بستی کی، اِدھر اُدھر کی خبریں ہوتیں اور ہمیشہ یہ سوال کہ بیٹا گھر کب آئے گا۔ ماں یہ خط ایک درزن سے لکھوایا کرتی تھی۔ اس کی لکھائی ایسے کیڑے مکوڑوں کی سی ہوتی کہ خط کا بہت سا حصہ مشکل سے پڑھا جاتا مگر یہ سوال ہمیشہ بہت صاف صاف کارڈ پر لکھا ہوتا تھا۔ اس کا جواب ہر بار حمید بھی یہی لکھ دیتا کہ ''انشاء ☐ اللہ اگلے آموں کے موسم میں۔'' مگر ہر سال آموں کا موسم گزر جاتا تھا اور ماں کو بیٹے کی شکل دیکھنی نہ نصیب ہوتی تھی۔ حمید چاہتا تھا کہ سارے کنبے کو ساتھ لے کر جائے۔ پھر اتنے دن سے نوکر تھا، ماں کے لیے اور دوسرے عزیزوں اور پڑوسیوں کے لیے دہلی کے تحفے بھی لے جائے اور ان سب

کے لیے کبھی دام نہ ہو پائے۔ سات برس ارادے ہی ارادے میں کٹ گئے۔ مگر جنگلیا کی موت کی خبر نے نہ جانے حمید کے دل پر کیا اثر کیا کہ یہ اکیلا چل کھڑا ہوا۔

ہاں تو بقرعید کے دن مغرب سے کوئی گھنٹہ بھر پہلے ماسٹر حمید مؤرشید آباد پہنچے۔ خوب زور کی بارش ہو رہی تھی۔ ماسٹر صاحب کے پاس بس ایک چھتری تھی، کچھ اور سامان تو ساتھ تھا نہیں، چھتری لگائے ہی پیدل سیدھے گھر گئے۔ مؤرشید آباد میں لوگ برسات کے پانی کی نکاسی کو کوئی ضروری چیز نہیں سمجھتے۔ اس لیے بارش میں اکثر راستے بھی پانی سے بھر جاتے۔ ماسٹر حمید ایک جگہ پھسل کر گرے بھی، کئی جگہ تقریباً گھٹنوں گھٹنوں پانی سے گزرنا پڑا۔ خیر جیسے تیسے یہ اپنے گھر پہنچے۔ گھر کا دروازہ بند تھا۔ انھوں نے زنجیر کھٹکھٹائی، کوئی نہ بولا۔ پھر زور سے کھٹکھٹائی۔ کسی نے جواب نہ دیا۔ چھتری نیچے رکھ کر دونوں ہاتھوں سے دروازہ خوب ٹھوکا اور دو ایک دفعہ بے ساختہ زور سے "امّاں، امّاں" بھی ماسٹر حمید کے منہ سے نکل گیا تو ایک کوٹھری کے اندر سے کسی نے بیٹھی ہوئی آواز میں جواب دیا۔ "یہ کون ہے امّاں والا۔ یہاں کسی کی امّاں نہیں رہتی۔" ماسٹر صاحب بولے، "ارے بھائی حمید کی ماں کا گھر یہی تو ہے نا۔" تو ایک موٹا سا آدمی بس ایک دھوتی باندھے، آنکھیں ملتا اور ایک ہاتھ میں چھتری کی جگہ سوپ لیے پانی سے اپنا بچاؤ کرتا دروازے پر آیا۔ یہ عیوض قصائی کا بیٹا لچھو تھا جو بقرعید کے دن کی کلیجی اور دل گردوں کے کباب کھا کر ہضم کرنے کے لیے سو رہا تھا۔ اس نے کوئی چار برس ہوئے حمید کی ماں سے یہ مکان خرید لیا تھا۔ اس نے بس ایک دو جملوں میں یہ سب روداد حمید سے کہہ دی اور بتایا کہ تمھاری ماں اب وہ نواسی درزن کا جو گھر کونے میں ہے، اس میں رہتی ہے۔ لچھو نے تو یہ کہہ کر دروازہ بند کیا اور جا کر پھر اپنی چارپائی پر پڑ رہا۔ ماسٹر حمید کے ایک دو منٹ تک تو قدم ہی نہ اُٹھے۔ ایسا معلوم ہوا کہ کسی نے دل میں تیر مارا اور کام تمام کر دیا۔ مکان بک گیا؟ اور مجھے خبر تک نہ ہوئی؟ یا اللہ کیا ماں پر اتنی تنگی تھی؟ میں تو سمجھا تھا کچھ اباّ نے چھوڑا تھا، کچھ میں بھیج دیتا تھا، کچھ آمدنی کٹھل کے پیڑ سے ہو جاتی ہو گی اور

کام چلتا ہوگا مگر یہ تو اپنی جھونپڑی بھی پرائے ہاتھوں بِک گئی۔ یہی سوچتے سوچتے جب سر اُٹھایا تو نواسی درزن کے مکان کے سامنے پہنچ گیا تھا۔ اس نے زنجیر ہلانے کے لیے ہاتھ اُٹھایا تو ایسا معلوم ہوا کہ ہاتھ بھاری پڑ گیا ہے۔ خیر زنجیر کھٹکھٹائی۔ نواسی جو وہیں پاس بیٹھی کچھ سی رہی تھی، دروازے پر آئی اور حمید کو پہچان گئی۔ اس نے نہ کچھ کہا نہ سنا۔ چلّاتی ہوئی سیدھی اندر گئی کہ "حمید کی ماں، حمید آ گیا۔"

حمید کی ماں سے کوئی سال بھر سے اُٹھا بیٹھا بھی مشکل سے جاتا تھا۔ مگر یہ خبر سن کر نہ جانے کہاں کی طاقت آ گئی کہ جھٹ چارپائی سے کود کر دروازے کو دوڑی، حمید کو لپٹا لیا اور زار زار رونے لگی۔ حمید کی ماں کے بدن میں بس ہڈیاں ہی ہڈیاں رہ گئی تھیں۔ اور نہ جانے آدمی بوڑھا ہوتے ہوتے گھس جاتا ہے یا کیا کہ یہ بالکل بچوں کی طرح ذرا سی ہو کر رہ گئی تھی۔ ہاں سر کے بال سفید تھے جیسے براق۔ گردن پر سر کا بوجھ اٹھانا بھی مشکل تھا اور سفید سر برابر ہلے جاتا تھا۔ نہ جانے کمزوری سے نہ جانے محبت کی زیادتی سے، سارے بدن میں رعشہ تھا۔ کئی منٹ تک یہ حال رہا، نہ ماں نے کچھ کہا نہ بیٹے نے۔ آخر اس سکوت کو ماں نے ہی توڑا اور کہا "بیٹا کالے کوسوں سے آیا ہے۔ پانی میں شرابور، ذرا بیٹھ جا تو چائے بنا لاؤں۔" حمید کی زبان سے اس کے جواب میں یہ نکلا "اماں تم نے گھر بیچ ڈالا، مجھے خبر تو کی ہوتی۔" اماں نے کہا "بیٹا خبر کرنے سے کیا فائدہ ہوتا؟ تجھے اور فکریں کیا کم ہیں؟ اور یہ بے چاری نواسی، اللہ بھلا کرے، بہت خیال کرتی ہے، مجھے کسی طرح کی تکلیف نہیں۔ بیٹا تو آ گیا، میری تو زندگی ہو گئی۔"

حمید نے اب ذرا نظر اٹھا کر مکان کو دیکھا تو سامنے ایک چھوٹی سی کوٹھری تھی۔ اس میں نواسی کے دو بچے ایک جھنگلی چارپائی پر پڑے سو رہے تھے۔ ایک الگ کونے میں میں کھیل رہا تھا اور ایک چلّا چلّا کر رو رہا

نواسی اسے چپ کر کے چولھے میں آگ سلگانے لگی تو حمید نے دیکھا کہ بے چاری کا کرتا پیٹھ پر بالکل پھٹا ہوا ہے۔ کپڑے دھلے ہوئے صاف ضرور تھے۔ کیوں نہ ہوتے

عید کا دن تھا۔ حمید نے ماں سے پوچھا ''امّاں کیا تم بھی یہیں سوتی ہو؟''

ماں نے کہا ''نہیں بیٹا، میں ادھر کی دوسری کوٹھری میں رہتی ہوں یہاں تو نواسی سوتی ہے جو تمھیں خط لکھا کرتی ہے۔''

''امّاں کیا تم اب بھی کچھ کام کرتی ہو؟ اب تو تمھارے ہاتھ تھک جاتے ہوں گے؟''

''نہیں بیٹا!'' ماں نے کہا۔ ''ہاتھ تو ابھی تک کام دیتے ہیں۔ مگر کوئی ڈیڑھ سال سے آنکھیں بے کار ہیں، نگاہیں نہیں جمتیں۔''

حمید چلّایا، ''آنکھیں؟ امّاں تو کیا تم مجھے بھی نہیں دیکھ سکتیں؟''

ماں نے حمید کے سر پر ہاتھ پھیرا، پھر گالوں پر، اس کے سر کو چھاتی سے لگایا۔ منہ پر کچھ مسکراہٹ سی آئی اور کہا، ''بیٹا تجھے تو دیکھ سکتی ہوں اللہ کا شکر ہے۔ سورج نکلتا ہے اسے بھی دیکھ سکتی ہوں۔ گھر بھی دیکھ لیتی ہوں مگر اور کچھ دِکھائی نہیں دیتا۔ ہاں بیٹا، تیرا سب سے چھوٹا ننھا اب کتنے دنوں کا ہوا؟''

''تمھاری دعا سے ڈیڑھ برس کا ہے۔''

''اچھا! تو وہ کُرتا ٹوپی اس کے بالکل ٹھیک ہوگا۔'' یہ کہہ کر ماں نے ایک میلی سی گٹھری کھولی اور اس میں ٹٹول کر ایک لچکا لگا ہوا ریشمی کرتا نکالا اور ایک لال خوبصورت گول ٹوپی جس پر سچّی کناری ٹکی ہوئی تھی۔

''امّاں کیا یہ تم نے ننھے مجید کے لیے سیا ہے۔'' حمید نے پوچھا اور آنکھیں ذرا نم ہوگئی تھیں، ہاتھ سے انھیں پونچھا۔

''نہیں بیٹا'' ماں نے کہا۔ ''یہ سے تو تھے میں نے تیری سلمہ کے لیے مگر تم آئے ہی نہیں اور وہ بے چاری چل بسی۔'' ساری گفتگو میں شکایت کا بس یہی ایک لفظ تھا اور بس۔ حمید، ماں کی چارپائی پر بیٹھ گیا اور نہ جانے کن خیالوں میں گم ہو گیا۔ اسی طرح شاید کوئی دو گھنٹے گزر گئے۔ اس عرصے میں پڑوس کے کمہار کی بیوی نصیبن بھی گھر میں آ گئی تھی

اور یہ تینوں عورتیں نہ جانے اِدھر اُدھر کیا کرتی پھرتی تھیں کہ کوئی آٹھ بجے حمید کی ماں نے اس کے کاندھے پر ہاتھ رکھا اور کہا ''بیٹا آج تو، تو میرے ساتھ روٹی کھائے گا نا؟

حمید جو سو گیا تھا چونک پڑا اور کہا ''امّاں اور نہیں تو کیا۔'' اس کا خیال تھا کہ ماں جب اس غربت کی حالت میں دن کاٹ رہی ہے تو جو جوار کی روٹی اور کچھ دال دلیا ہوگا مگر وہاں تو ایسے ٹھاٹھ کا دسترخوان چنا ہوا تھا کہ حمید حیرت میں رہ گیا۔ کباب تھے، کلیجی تھی، پراٹھے تھے انڈوں کے چلّے تھے، ماش کی دال تھی، مؤ کا تیز تیز سرکا تھا، آم کی چٹنی تھی، ایک پیالے میں دودھ تھا، ایک تشتری میں بالائی اور رکابی میں کٹے ہوئے قلمی آم۔

حمید حیرت میں تھا کہ اس غربت میں یہ سب سامان کہاں سے آیا۔ کچھ سمجھا کہ دوڑ دھوپ تو نصیبن اور نواسی نے کی ہے مگر دام آخر کہاں سے آئے؟ سوچتا جاتا اور نوالہ منہ میں دیتا جاتا، مگر منہ میں نوالہ پہنچ کر ایسا معلوم ہوتا کہ نوالہ کچھ بڑھ گیا ہے اور منہ چلانے میں دِقّت ہوتی ہے۔ کھانا ختم ہوا تو حمید کے منہ سے بے ساختہ وہ دعا نکلی جو بچپن میں ماں نے اسے سکھائی تھی اور جو اس نے برسوں سے کھانے کے بعد نہ پڑھی تھی۔ کھانا کھا کر پھر حمید ماں کی چارپائی پر بیٹھ گیا۔ نصیبن اور نواسی باہر چلی گئیں اور حمید کی ماں نے قریب آ کر اور سر پر ہاتھ رکھ کر کہا ''بیٹا، بُرا نہ مانو تو ایک بات کہوں۔''

حمید کا منہ زرد پڑ گیا۔ دل بھجنے سا لگا۔ اُسے خیال ہوا کہ شاید ماں یہ کہے گی کہ ''مجھے اس پرائے گھر سے نکال کر اپنے ساتھ لے چل یا کوئی دوسرا گھر لے دے۔'' یہی خیال دل میں آ رہے تھے مگر حمید نے کہا ''امّاں ضرور کہو۔''

ماں نے کہا ''بیٹا تو لشکروں کا رہنے والا ہے۔ مدرسے میں نوکر ہے۔ میں پرائے گھر پڑی ہوں۔ تیری کیا خاطر کروں۔ نصیبن کو بھیج کر خاں صاحب کی کوٹھی میں تیرے لیے ایک کمرہ صاف کرایا ہے اور کھاٹ ڈلوا دی ہے مگر جی یہی چاہتا ہے کہ تو میرے ساتھ رہتا۔ کہتے ہوئے ڈرتی ہوں۔ کیا تو میرا یہ ارمان پورا کر سکتا ہے۔ میں نے اسی امید پر نصیبن کے یہاں سے چارپائی بھی منگا لی ہے۔'' سامنے چھپر میں ایک چارپائی

کھڑی تھی جس کی ادوان غالباً اسی وقت کسی گئی تھی۔

ماں کی یہ بات سن کر حمید کا جی بھر آیا۔ منہ سے آواز نکلی۔ گھبراہٹ میں ادھر ادھر دیکھا اور بولا، ''اماں یہ بھی کوئی بات ہے۔ میں تمھارے پاس نہ رہوں گا تو کہاں جاؤں گا۔''

ماں نے حمید کی پیشانی پر بوسہ دیا اور جھٹ نصیبن سے وہ چارپائی اپنی کوٹھری میں ڈلوا دی۔ پھر ایک گٹھری کھولی۔ اس میں سے ایک سفید چادر نکالی جس پر خوبصورت بیل لگی ہوئی تھی۔ دو تکیے نکالے، صاف صاف دو غلاف چاروں طرف جھالر۔ اوڑھنے کے لیے ایک باریک چادر۔ تکیوں پر کوئی اچھا سا عطر ملا۔ ایک نیا اگال دان پٹی کے نیچے لا کر رکھا اور بیٹے کی طرف بڑھی اور کہا۔ ''بیٹا اب تم سو رہو۔ بہت تھک گئے ہو

حمید یہ سب تماشا دیکھ رہا تھا اور حیرت میں تھا کہ یا اللہ یہ سب کہاں سے آیا۔ آخر نہ رہا گیا اور اس نے پوچھ ہی لیا کہ ''اماں یہ کھانے اور یہ سارا سامان کہاں سے آیا۔''

اماں بولی، ''بیٹا اب موّ بھی لشکر ہی ہے۔ اللہ رکھے سب چیز ملتی ہے اور کھانا، سو آج تو بقرعید کا دن تھا۔ گوشت پڑوسیوں کے گھر سے آیا تھا اور چیزیں بھی ادھر اُدھر سے کر لیں۔''

''مگر اماں یہ چادر، یہ غلاف، یہ جوتیاں، یہ سارا سامان، عطر، مراد آبادی اُگلدان، اس کے لیے روپیہ کہاں سے آیا؟''

ماں کی اندھی آنکھوں سے پانی کی دو چار بوندیں ٹپکیں اور اس نے ایسی آواز میں جس میں نہ جانے ملامت کا زیادہ اثر تھا یا محبت کا کہا ''بیٹا تو اور یہ پوچھتا ہے! ایک ایک دن تیرے ہی انتظار میں کٹا ہے۔ سات برس میں یہ تیاری کر پائی ہوں۔ بیٹا سات برس میں!''

ماں کی اس بات کو سن کر خاموشی کے فرشتے نے اس چھوٹی سی کوٹھری میں اپنے پر پھیلا دیے۔ پھر رات بھر کسی نے کسی سے کچھ بات نہ کی۔''

گل کے سلور جوبلی سیریز   بچوں کی کہانیاں از : ڈاکٹر ذاکر حسین

بے کاری

سلیمن کا گھر نینی تال میں تھا۔ ہاں، پندرہ بیس کمروں والے محل کو بھی گھر کہتے ہیں جس میں ہزاروں روپے کے قالین، لاکھوں کا ساز و سامان ہو، بجلی کی روشنی سے جھاڑ فانوس جگ مگ جگ مگ کرتے ہوں۔ گرمی میں پنکھے چلتے ہوں، سردی میں انگیٹھیاں دہکتی ہوں۔ اور اس کوٹھری کو بھی گھر کہتے ہیں جس کے ایک کونے میں چھوٹا سا چولہا ہو، ایک کونے میں ایک بانس کی چارپائی اور ایک اس سے چھوٹا کھٹولا پڑا ہو، جس کے تین پائے ہوں اور ایک پائے کی جگہ دو گمّا اینٹیں، ایک گوشے میں چھوٹا سا مٹی کا دیا ٹمٹما رہا ہو اور دروازے کے سوراخوں اور دروازوں میں سے جاڑوں میں برف جیسی ٹھنڈی سر سراتی ہوا آتی ہو۔

ہاں تو ہماری سلیمن کا گھر اسی دوسری قسم کا گھر تھا۔ اس میں سلیمن، سلیمن کا باپ مسیتا اور سلیمن کی ماں لڑ جھگڑ تی رہا کرتے تھے۔ بانس والی چارپائی پر ماں بیٹیاں پڑ رہتی تھیں اور کھٹولے پر مسیتا کنڈلی منڈلی ہو کر سو جاتا تھا۔

جاڑوں کا موسم تھا۔ تم جانتے ہو کہ نینی تال بڑے اونچے پہاڑ پر ہے اور سردی میں وہاں خوب برف پڑتی ہے اور ایسی ٹھنڈی ہوا چلتی ہے کہ بدن کٹا جاتا ہے۔ سلیمن کے باپ کے پاس بس اور جھنے بچھونے کو بس یوں ہی سا تھا۔ غریب کھادی کے دوہر اور روئی کے پھٹے پرانے گودڑوں سے کام لیتے تھے۔ ادھر دروازوں میں سے ہوا آتی تھی اور بدن میں چھدی جاتی تھی۔ سوراخوں کو تو سلیمن کی ماں نے گودڑوں سے بند کر دیا تھا مگر دروازوں کا کیا کرتی۔ لاچار بے چارے رات بھر چولھے میں اُپلے جلاتے رہتے

بچوں کی کہانیاں از: ڈاکٹر ذاکر حسین

تھے۔اس کی گرمی سے رات کٹ جاتی تھی۔ پہلے پہلے تو دھویں سے ذرا دم گھٹتا تھا،اب یہ بھی اچھا لگنے لگا تھا۔

سلیمن کا باپ مسیتا راج تھا۔مگر معمولی سا کام جانتا تھا۔روز دس آنے بارہ آنے مل جاتے تھے۔لیکن کام لگ جانا شرط تھا۔اکثر ایسا ہوتا کہ مہینہ مہینہ بھر کام نہ ملتا۔آج کل البتّہ نینی تال میں کئی مکان بن رہے تھے۔گرمی میں بڑے بڑے لوگ یہاں پہاڑ پر آ کر دن گزارتے تھے۔اس لیے یہاں کے لوگ جاڑوں اپنے پرانے مکانوں کی مرمت کرانا اور نئے مکان بنانا چاہتے تھے۔

تو آج کل میاں مسیتا کا کام سیٹھ جی کے مکان پر لگ گیا تھا۔ یہ مکان آبادی سے بالکل باہر پہاڑ کی اونچی سی چوٹی پر بن رہا تھا۔مسیتا کو اپنے گھر سے کوئی دو ڈھائی کوس چلنا ہوتا تھا۔اس لیے صبح گھر سے کھڑا ہوتا اور شام کو چراغ جلے واپس آتا۔

دن بھر پاڑھ پر کھڑے رہنا اور وہ بھی جنوری کی ٹھنڈی ہوا میں، بس جب گھر لوٹتا تو ہاتھ پاؤں ایسے ٹھنڈے ہوتے تھے جیسے برف کی قلفی اور ایسے کہ سن کہ چھریاں چلاؤ تو پتا نہ چلے۔ واپسی پر مسیتا جہاں گھر میں گھستا سلیمن دوڑ کر اس کے پیروں لو لپٹ جاتی۔ لڑکی جھٹ مٹی کی ہنڈیا چولھے پر رکھ کر چائے پکاتی اور ذرا سا نمک ڈال کر پہلے مسیتا کو ایک آب خورے میں چائے دیتی اور پھر مٹی کے ایک پیالے سے جس کی کور ٹوٹی ہوئی تھی خود بھی پیتی اور بیچ بیچ میں ایک گھونٹ سلیمن کو دیتی جاتی۔

ایک روز کا ذکر ہے کہ مسیتا روز کی طرح صبح صبح کام پر گیا۔ رات میں برف خوب پڑی تھی اس لیے زمین پر ایسا معلوم ہوتا تھا کہ کس نے سفید روئی کے گالے بچھا دیے ہیں۔ ذرا دھوپ نکلی کہ سلیمن پڑوس کے بچوں کے ساتھ برف کھیلنے نکل گئی۔ کوئی برف کی گیندے بنا بنا کر دوسرے پر پھینکتا تھا۔کسی نے برف کا ایک آدمی بنا لیا تھا جس پر سب برف کی گیندیں مارتے رہے۔ دھوپ نکلی ہوئی تھی سلیمن کوئی بارہ بجے تک کھیلتی رہی۔ ادھر بارہ بجے کا گھنٹا بجا اور سلیمن کو خیال آیا کہ اب ابّا کے لیے روٹی لے جانا ہے۔فوراً

<hr>

دوڑی ہوئی گھر آئی اور بچے روکتے بھی رہے پر یہ نہ ٹھہری۔

گھر پہنچی تو دیکھتی ہے کہ ابّا چولھے کے پاس بیٹھے اپنی گڑگڑی پیتے جاتے ہیں اور تاپ رہے ہیں۔ ابّا اس دن آٹھ ہی بجے لوٹ آئے تھے۔ سلیمن نے پوچھا ''ابّا، آج بھی ابھی سے آ گئے؟'' مسیتا نے جواب دیا ''ہاں بیٹی، آج کام نہیں ہے۔ سردی کے مارے سارا چونا جم گیا۔ آج کا کام نہیں ہوگا۔'' ''آہا ہاہا'' سلیمن بولی ''یہ تو اچھا ہوا۔ تو اب میں روٹی بھی نہ لے جاؤں گی۔'' ''ہاں بیٹی ماں نے جواب دیا۔ ''آج تو ابّا تو گھر پر ہی رہیں گے۔'' اور مسیتا چپ رہا۔

''ابّا یہ تو بڑا اچھا ہوا، تم آ گئے۔ کبھی تو کام سے چھٹی ملی۔ آج تو دن بھر گھر پر ہو۔ خوب گرم گرم۔ ذرا سو جاؤ، میں پاؤں داب دوں گی۔ نہیں تو یہاں گھر پر بھی بہت کام ہے۔ میری لکڑی کی گڑیا کا سر ٹوٹ گیا ہے۔ وہ جو گڑیا کی گاڑی تم نے بنا دی تھی اس کا پہیہ نکل گیا ہے۔ میرے اور کھلونے بھی ٹوٹ گئے ہیں۔ امّاں کو تو ٹھیک کرنا آتا نہیں، تم ٹھیک کر دینا۔''

مسیتا نے سلیمن کے سارے کھلونے ٹھیک ٹھاک کر دیے۔ اپنے کھٹولے کے لیے بسولے سے ایک موٹا سا پایہ بھی بنا لیا۔ لکڑی کی دو تین گانٹھیں پڑی تھیں، انھیں چیرا۔ چارپائی کی ادوائن کھینچی اور پھر یوں ہی تال مٹول کر کے جیسے تیسے دن گزار دیا۔

مگر سردی تھی کہ کم نہ ہوتی تھی۔ رات کو ہوا ایسی چل رہی تھی جیسے آندھی آئی ہو۔ ایسا معلوم ہوتا تھا کہ کوئی گھر کے کواڑ پکڑ کر ہلا رہا ہے۔ رات بھر اپلے جلتے رہے مگر پھر بھی سردی کے مارے سلیمن کی کپکپی نہ جاتی تھی۔ جوں توں صبح ہوئی۔ یہی حال چار پانچ دن تک رہا اور سردی تھی کہ کسی طرح کم نہ ہوتی تھی چھٹے دن مسیتا نے سلیمن کی ماں سے کہا، ''لو اب تو اپلے بھی ہو چکے۔ بس یہی جو چھپر میں پڑے ہیں یہی ہیں۔'' لڑکی اُٹھ کر دوسرے کونے میں گئی اور سب سے نیچے سے رہنے والی ہانڈی میں سے ایک میلی سی تھیلی نکالی اور اس میں جو کچھ تھا، سب لا کر سلیمن کے باپ کے سامنے رکھ دیا۔

دو چونّیاں تھیں، ایک اکنّی اور چودہ پیسے؛ کل ساڑھے بارہ آنے۔ مسیتا نے کہا، ''میں تو جانتا ہوں سب کے اُپلے خرید لو۔ سردی کا کیا ٹھیک ہے۔ کھانے پینے کا اللہ مالک ہے۔ شبّو بنیے سے قرض ہی لے لیں گے۔ اُپلے تو قرض نہیں ملیں گے۔''

اُس دن دو پہر کو ان سب نے ٹھنڈی روٹی اور ارہر کی بہت پتلی دال کھائی۔ سلیمن نے کہا، ''امّاں تم نے کہا تھا جمعرات کو کلیجی پکاؤں گی۔'' ماں نے جواب دیا۔''بیٹی قصائی اُدھار نہیں دیتا۔''

دوسرے دن لڑیتی نے سلیمن سے کہا''بیٹی جا، شبّو کے ہاں سے ڈھائی سیر جو کا آٹا لے آ۔'' سلیمن نے کہا۔''امّاں پیسے۔''ماں نے جواب دیا''اُدھار لے آنا اور دو پیسے کا نمک اور ایک دیا سلائی کی ڈبیا بھی۔ راستے میں حسینی کے ہاں سے دو پیسے کے آلو بھی اُدھار لیتی آنا''، سلیمن گئی۔ شبّو نے ذرا منہ بنایا مگر آٹا، نمک اور دیا سلائی کی ڈبیا سلیمن کو دے دی اور اپنے کھاتے میں لکھ لیا۔ حسینی کی دکان پر پہنچی تو اس نے للکارا''بڑی آئی ہے اُدھار لینے۔ گھر میں خزانا گڑا ہے نا جو میں اپنے پیسے وصول کرلوں گا۔ مجھے حساب وساب لکھنا نہیں آتا۔ جاؤ اُدھار شبّو ہی کے سے لو۔''سلیمن بہت آزردہ ہوئی اور گھر لوٹ آئی۔

دن اور گزر گئے۔ آٹا ختم ہو گیا اور سردی کا وہی حال۔ سیٹھ جی کے مکان پر کام بند کا بندا ماں نے سلیمن کو پھر شبّو کے ہاں بھیجا، شبّو نے بھی اب کی دفعہ آٹا دینے سے انکار کر دیا اور کہا، ''ابھی وہ تین مہینے پہلے کے دام بھی تو نہیں آئے۔ میں کہاں تک بھرے جاؤں۔''

سلیمن نے آ کر جب یہ حال سنایا تو ماں باپ دونوں سن کر سہم سے گئے اور چپ ہو بیٹھے۔تھوڑی دیر میں لڑیتی نے کہا، ''یا اللہ اب کیا ہوگا۔میرے پاس تو ایک کوڑی بھی نہیں۔''مسیتا بولا، ''میرے پاس اس دن کے دو پیسے بچے ہوئے ہیں مگر دو پیسے میں کیا کام نکلے گا۔''

شام ہوگئی تھی۔ لڑیتی نے کونے میں دیا جلایا۔ سوکھی روٹی کے کچھ ٹکڑے بچے
پڑے تھے انھیں پانی میں بھگویا اور اوپر سے نمک کی دو کنکریاں ڈال ایک مرچ توڑ دی۔
اس طرح جو چیز تیار ہوئی وہ سلیمن کو کھلا کر اسے سلا دیا اور یہ دونوں بہت دیر تک چولھے
کے پاس چپ چاپ بیٹھے رہے۔ گھر کے پاس ایک چھوٹی سی مسجد تھی۔ اس سے اذان کی
آواز آئی۔ یہ آواز روز ہی آتی ہوگی مگر مسیتا کام سے کچھ ایسا تھکا ماندا آتا تھا کہ شاید
اذان سے پہلے ہی سو جاتا تھا۔ آج کچھ ایسا معلوم ہوا کہ یہ اذان دینے والا اسی کو بلا رہا
ہے۔ مسیتا نے لڑیتی سے کچھ کہا بھی نہیں۔ جھٹ اٹھ کر ٹھنڈے تیج پانی سے وضو کیا، وضو
کرنے کے بعد دامن سے ہاتھ منھ پونچھے اور مسجد کو چل دیا۔

مسجد میں اس دن مجمع ذرا زیادہ تھا۔ اڑوس پروس کے سارے غریب راج مزدور
بھی تھے اور راجوں کا مستری اشرف جو کبھی مسجد میں نہ آتا تھا، وہ بھی آج آیا تھا۔ مسیتا
اور سب کو تو جانتا تھا مگر آج نہ جانے نماز کس نے پڑھائی تھی۔ کوئی نئے آدمی تھے۔ لمبی
سی کالی کالی داڑھی پر تیل ملا ہوا جس سے وہ چم چم چمکتی تھی۔ سر پر پٹے دار بال، ان
پر ایک بڑا سا پگڑ، بہت ڈھیلی سی عبا، آنکھوں میں سرمہ۔ نماز ہو چکی تو یہ منبر پر جا بیٹھے۔
مسیتا نے اپنے پاس والے سے پوچھا ”کون ہیں؟“ اس نے بتایا کہ ”سہارن پور کے
بڑے مولوی صاحب ہیں، اشرف مستری کے پیر۔“

مولوی صاحب نے کوئی دو گھنٹے تک وعظ کہا۔ مسیتا پر اپنی مصیبت کا بھی کچھ اثر
تھا۔ کچھ ان مولوی صاحب نے اللہ رسول کی ایسی باتیں کیں، اللہ رسول کے لیے لوگوں
نے اپنے جان مال کو جس طرح قربان کیا ہے اس کے ایسے قصے سنائے کہ مسیتا زار زار
رونے لگا۔ آخر میں مولوی صاحب نے چندا مانگا۔ سب لوگ اٹھ اٹھ کر رومال میں جو منبر
کے نیچے بچھا ہوا تھا کچھ ڈالنے لگے۔ کسی نے اٹھنی دی، کسی نے چونی، اشرف مستری نے
خوب کھنکھنا کر دو روپے رومال میں ڈالے۔ اس کے بعد مسیتا بھی اٹھا اور اپنی کوٹ میں
سے وہ دو پیسے جو اس کے پاس رہ گئے تھے جا کر رومال میں ڈال آیا۔ مولوی صاحب کی
وعظ کے بعد مستری کے گھر دعوت تھی وہاں چلے گئے۔ مستری نے خوب چربی والا چکنا

گوشت پلاؤ کے لیے منگایا تھا۔ موہن حلوائی کے یہاں سے بالائی منگائی تھی اور نہ جانے اور کیا کیا انتظام کیا ہوگا۔ ہاں تو مولوی صاحب اس دعوت میں چلے گئے اور مسیتا اپنے گھر لوٹ آیا۔

مسیتا کو اپنے گھر سے گئے کوئی ڈھائی گھنٹے ہوئے گئے تھے۔ لڑیتی کچھ دیر تو جاگتی رہی۔ پھر وہیں چولھے کے پاس بیٹھے بیٹھے اونگھ آ گئی اب جو مسیتا گھر میں آیا تو اس کی آہٹ سے آنکھ کھلی۔ آنکھ کھلتے ہی پوچھنے لگی۔ ''ہم نے بھی دیکھا۔ یہ کیا ہے۔'' مسیتا نے کہا، ''کیا ہے، کچھ بھی نہیں، میں ہوں،'' لڑیتی اب خوب ہوشیار ہو گئی تھی، مسیتا کو بتانے لگی کہ ''ابھی ابھی گھر میں کچھ عجیب سی روشنی تھی اور بہت سے ننھے منے بچے سے تھے۔ میں تو جانوں ان کے پر بھی تھے۔ کدھر گئے؟'' مسیتا نے سمجھایا، ''خواب دیکھا ہوگا خواب۔''

اب لڑیتی اٹھ کر سلیمن کے پاس پڑ رہی اور مسیتا اپنے کھٹولے پر لیٹ گیا۔ بہت دیر تک تو دونوں چپ چاپ لیٹے رہے پھر مسیتا کی تو آنکھ لگ گئی مگر لڑیتی کو تو نیند نہ آئی۔ کوئی تین بجے مسیتا ہڑبڑا کر اٹھا اور ''سلیمن کی ماں، سلیمن کی ماں'' پکارنے لگا۔ ''تو نے دیکھا بھی یہ کون لوگ تھے؟'' لڑیتی نے کہا ''میں تو جاگ ہی رہی ہوں، کوئی نہ تھا، یوں ہی تمہیں خیال ہوگا۔'' مسیتا نے کہا ''نہیں نہیں، ابھی ابھی سارے گھر میں ایسی دودھ جیسی سفید روشنی تھی اور ننھے ننھے بچے سے ادھر اُدھر اُڑ رہے تھے اور ایک کے پاس نہ تو جانے خوان میں کھانے کی کیا کیا چیزیں تھیں۔'' لڑیتی نے کہا تم نے خواب دیکھا ہوگا۔''

دونوں پھر چپ پڑ رہے کہ صبح کی اذان ہوئی۔ مسیتا پھر اُٹھا اور برف کے پانی سے وضو کر کے مسجد کو گیا۔ نماز پڑھ کر لوٹا تو ساتھ ہی مسجد سے نصرت بھی نکلا۔ یہ بھی اسی کے ساتھ سیٹھ صاحب کے مکان پر کام کرتا تھا۔ اور اسی کی طرح کئی دن سے بے کار تھا۔ اس نے کہا بھیا مسیتا سڑکوں پر سے برف ہٹانے کے لیے صفائی میں آدمیوں کی مانگ ہے۔ آج چلو ہم تم بھی چلیں۔'' مسیتا نے کہا ''اچھا'' گھر پر آ کر سلیمن کی ماں کو خبر کی اور دونوں نے صفائی کے دفتر کا رُخ کیا۔ وہاں اسے چونّی روز پر کام مل گیا۔

✿ ✿ ✿

پُوری جو کڑھائی سے نکل بھاگی

گاؤں میں ایک کسان رہتا تھا اور اس کی بیوی۔ کسان کا نا تھا منسا اور اس کی بیوی کا گریا۔ ان کے پاس روپیہ پیسہ اچھا خاصا تھا مگر گھر میں کام کرنے والے آدمی کم تھے۔ اس لیے ہمیشہ دوسروں سے یا ت مزدوری پر کام لینا پڑتا تھا یا میٹھی بات کر کے۔ بیساکھ کا مہینہ تھا۔ منسا کے کھیتون میں گیہوں کی فصل خوب ہوتی تھی اور کھیت کٹ بھی چکے تھے۔ اب پالیوں پر دائیں چلا کر دانے نکالنا باقی تھا۔ دوسرے سب کسان بھی اپنے اپنے کام میں لگے تھے۔ ت جانوان دنوں جب فصل کٹتی ہے تو سب ہی کو تھوڑا بہت کام ہوتا ہے۔ اس نے بہتیرا چاہا کہ کوئی مزدور ملے، مگر نہ ملا۔ ادھر آسمان پر دو ایک دن سے بادل آنے لگے اور ڈرتا تھا کہ کہیں پانی پڑ گیا تو سب دانے خراب ہو جائیں گے۔

بیچ میں ایک دن کوئی تہوار آ گیا، سب کسانوں نے اپنے یہاں کام بند رکھا۔ اس لیے گاؤں میں بہت سے آدمیوں کو چھٹی ہو گئی۔ منسا ان کے پاس گیا اور مشکل سے پانچ آدمیوں کو پُھسلا پوٹ کر لایا کہ بھائی ہماری دائیں چلا دو۔ گھر میں آ کر بیوی سے کہا کہ تہوار کا دن ہے یہ لوگ آج کام کو آئے ہیں دو پہر کو انھیں پوریاں کھلانا۔

کوئی گیارہ بجے بیوی نے چولھے پر کڑھائی چڑھائی، کئی پلی کڑوا تیل کڑھائی میں ڈالا۔ آٹے کی ایک چھوٹی سی ٹکیا بنا کر پہلے تیل میں ڈالی اور جب تیل گرم ہو کر خوب کڑ کڑانے لگا تو یہ ٹکیا نکال لی۔ اس سے کڑوے تیل کی ہیک کم ہو جاتی ہے۔ اب بیلن سے بیل بیل کر کڑھائی میں پوریاں ڈالنی شروع کیں۔ کچھ پوریاں پک گئیں تو باورچی خانے میں کسان کا بیّا بدّھو جانے کہاں سے آیا اور اِدھر اُدھر چیزیں ٹھکورنے لگا اور ناک

گلی نے سِلوَر جوبلی سیریز — بچوں کی کہانیاں از: ڈاکٹر ذاکر حسین

اسے برابر سٹر سٹر سٹر سٹر کرتا کرتا جاتا تھا۔ ہونٹوں پر ناک بہہ رہی تھی۔ ماں نے ہاتھ پکڑ کر اپنی طرف کھینچا اور پلّو سے اس زور سے ناک پوچھی کہ بدّھو کن کن کرتا ہوا باورچی خانے سے چل دیا۔ کڑھائی میں جو پوری پڑی تھی وہ اتنی دیر میں جلنے لگی اور اسے برا لگا کہ بدّھو کی ماں نے اس کا ذرا خیال نہ کیا اور اتنی دیر جلتے ہوئے تیل میں رکھ کر اسے تکلیف دی۔ بدّھو کی ماں نے جلدی سے اسے پلٹنا چاہا تو یہ چڑ گئی اور جھٹ سے کڑھائی میں سے کود کر بھاگ کھڑی ہوئی کہ تم بدّھو کی ناک پوچھو میں تو جاتی ہوں ۔

بدّھو کی ماں نے بہت چاہا کہ اسے پکڑے مگر وہ کہاں ہاتھ آتی ہے۔ جھٹ گھر میں سے نکل کھیت کی طرف بھاگی۔ راستے میں منسا اور اس کے پانچوں دوست دانوں پر دائیں چلا رہے تھے۔ یہ پوری ان کے پاس سے گزری اور کہا کہ ''میں بدّھو کی ماں سے بچ کر کڑھائی سے نکل کر آئی ہوں تم سے بھی بچ کر نکلوں گی، لو مجھے کوئی پکڑو تو۔'' ان آدمیوں نے جب دیکھا کہ اچھی پکی پکائی پوری یوں پاس سے بھاگی جا رہی ہے تو کام چھوڑ کر اس کے پیچھے ہو لیے مگر وہ بھلا کہاں ہاتھ آتی تھی۔ یہ سب دوڑتے دوڑتے ہانپ گئے اور لوٹ آئے ۔

کھیت سے نکل کر پوری کو بنجر میں ایک خرگوش ملا۔ اسے دیکھ کر پوری بولی۔ ''میں تو کڑھائی سے نکل کر، بدّھو کی ماں سے بچ کر، اور چھے جوان آدمیوں کی ہرا کر آئی ہوں۔ میاں چھُٹ دُمے خرگوش تم سے بھی نکل بھاگوں گی ۔'' خرگوش کو یہ سن کر اور ضد ہوئی اور اس نے بڑی تیزی سے اس کا پیچھا کیا اور سچّی بات تو یہ ہے کہ بی پوری ایک بھَٹ میں نہ گھس گئی ہوتیں تو اس چھٹ دُمے نے پکڑ ہی لیا تھا۔ مگر بھٹ کے اندر یہ لومڑی کے ڈرسے نہ گیا۔

پوری جو بھِٹ میں گھسی تو اس کے اندر ایک لومڑی بیٹھی تھی۔ اس نے جو دیکھا کہ ایک پوری گھسی چلی آتی ہے تو جھٹ اٹھ کر کھڑی ہوئی کہ اب آئی ہے تو جائے گی کہاں ۔ مگر پوری الٹے پاؤں لوٹی اور یہ کہتی ہوئی بھاگی ۔ ''میں تو کڑھائی میں سے نکل کر، بدّھو کی

ماں سے بچ کر، چھے جوان آدمیوں کو ہرا کر، اور میاں چھٹ دُمے خرگوش کو اُلّو بناتی آئی ہوں۔ بی مٹ دُمی لومڑی میں تھارے بس کی بھی نہیں۔''

لومڑی نے کہا، ''کہاں جاتی ہے ٹھہر تو، تیری شیخی کا مزہ تجھے چکھاتی ہوں۔'' اور پیچھے لپکی۔ مگر پوری تھی بڑی چالاک، اس نے ایک کسان کے مکان کا رُخ کیا اور لومڑی بھلا کتّوں کے ڈر کے مارے اِدھر کیسے جاتی؟ لاچار رک گئی۔

کسان کے مکان کے قریب ایک دبلی سی بھوکی کتیا اور اس کے پانچ بچّے اِدھر اُدھر پھر رہے تھے۔ اُنھوں نے بھی ارادہ کیا کہ اس پوری کو چٹ کریں۔ پوری نے کہا ''میں تو کڑھائی میں سے نکل کر، بدھو کی ماں سے بچ کر، چھے جوان آدمیوں کو ہرا کر، اور میاں چھٹ دُمے خرگوش کو اُلّو بنا کر اور بی مٹ دُمی لومڑی کے چونا لگا کر آئی ہوں۔ اجی بی بی لپ لپ، میں تھارے بس کی بھی نہیں۔''

کتیا بڑی ہوشیار تھی۔ آگے کو منہ بڑھا کر، جیسے بہرے لوگ کرتے ہیں، کہنے لگی، ''بی پوری، کیا کہتی ہو، میں ذرا اونچا سنتی ہوں۔'' پوری ذرا قریب کو آئی اور کتیا نے بہروں کی طرح اپنا منہ اس کی طرف اور بڑھایا۔

پوری پھر وہی کہنے لگی ''''میں تو کڑھائی میں سے نکل کر، بدھو کی ماں سے بچ کر، چھے جوان آدمیوں کو ہرا کر، اور میاں چھٹ دُمے خرگوش اور بی مٹ دُمی لومڑی کو اُلّو بنا کر آئی ہوں۔ اجی بی لپ لپ ...'' اتنا ہی کہنے پائی تھی کہ کتیا نے منہ مارا 'ہپ' اور آدھی پوری اس کے منہ میں آ گئی۔ اب جو آدھی پوری بچی تھی وہ ایسی تیزی سے بھاگی اور آگے جا کر نہ معلوم کس طرح زمین کے اندر گھس گئی کہ کتیا ڈھونڈ ھتے ڈھونڈ ھتے تھک گئی مگر کہیں پتا نہ چلا۔ کتیا نے اپنے پانچوں بچوں کو بلایا کہ ذرا ڈھونڈو تو لیکن بی پوری کا کہاں پتا لگتا ہے۔ اس کتیا نے اور اس کے بچّوں نے ساری عمر اس آدھی پوری کو ڈھونڈا مگر وہ نہ ملنا تھا نہ ملی۔ ابھی تک کتّے سارے اسی آدھی پوری کی تلاش میں ہر وقت زمین سونگھتے پھرتے ہیں کہ اس کا پتا چلے تو نکالیں۔ اس نے ہماری دادی امّاں کو دھوکا دیا تھا مگر اس آدھی پوری کا کہیں پتا نہیں چلتا۔

مرغی اجمیر چلی

ایک کالی مرغی تھی، خوب موٹی خوب صورت۔ انڈے بھی بہت دیتی تھی۔ اس کے ساتھ جو دوسری مرغیاں تھیں وہ نہ تو اتنی خوبصورت تھیں نہ اتنے انڈے دیتی تھیں۔ کچھ تو اس وجہ سے کالی مرغی اپنے کو اوروں سے بڑھا چڑھا کر جانتی تھی اور کچھ لوگوں کی ناک ہمیشہ اوپر کو ہوتی ہی ہے۔ غرض یہ کالی مرغی بھی اپنے کو کچھ سمجھتی تھی اور دوسری مرغیوں کے ساتھ اس کا ملنا جلنا بھی کم تھا۔ رات کو ڈربے میں بھی سب سے الگ اینٹ پڑی تھی، اس پر چڑھ کر سوتی تھی۔

ایک رات کا ذکر ہے کہ خوب مزے میں سوتے سوتے اس نے ایک خواب دیکھا۔ خواب میں کسی نے اس سے کہا کہ ''جلدی سے اجمیر شریف جا، نہیں تو دنیا اجاڑ ہو جائے گی۔'' کالی مرغی کیسی ہی سہی پھر آخر اس دنیا میں پلی بڑھی تھی، اس میں رہنا سہنا تھا اور کچھ کہو دنیا پھر بری چیز ہے۔ اس نے جھٹ ارادہ کر لیا کہ بس اجمیر شریف چلنا چاہئے اور جیسے ہو دنیا کو بچانا چاہئے۔ راستہ کٹھن ہوگا، ہو، تکلیفیں سہنی پڑیں گی، پڑیں، دنیا تو بچ جائے گی۔

صبح تڑکے ہی مرغی نے اجمیر شریف کا رخ کیا۔

ابھی تھوڑی دور ہی گئی تھی کہ ایک بڈھا مرغا ملا۔

مرغی بولی، ''میاں ککڑوں کوں، سلام۔''

مرغے نے جواب دیا ''جیتی رہو بیٹی کٹ کٹ کٹاک، کہو یہ سویرے سویرے

کدھر؟‘‘

مرغی بولی، ’’اجمیر شریف جاتی ہوں۔ بڑا ضروری کام ہے۔ میں نہ گئی تو ساری دنیا اجاڑ ہو جائے گی۔‘‘

مرغے نے پوچھا کٹ کٹ کٹاک، تجھ سے یہ کس نے کہا؟‘‘

مرغی نے جواب دیا ’’میاں ککڑوں کوں، کہا کس نے، میں نے خود خواب دیکھا ہے، خود۔‘‘

مرغا بولا، ’’اوں ہونہہ! ایسا؟ اچھا تو چلو ہم بھی ساتھ چلتے ہیں۔‘‘

تھوڑی دور گئے تھے کہ ایک بطخ ملی۔

مرغے نے بطخ سے کہا، ’’بندگی، بی قیں قیں۔‘‘

’’جیتے رہو بیٹا ککڑوں کوں۔ یہ ایسے جلدی جلدی کدھر کو؟‘‘

’’اجمیر شریف جا رہا ہوں، نہیں تو ساری دنیا اُجاڑ ہو جائے گی۔‘‘

’’میاں ککڑوں کوں، یہ تم سے کس نے کہا؟‘‘

مرغے نے کہا، ’’کٹ کٹ کٹاک نے۔‘‘

بطخ نے پوچھا، ’’اور بی کٹ کٹ کٹاک، تمھیں کیسے پتا چلا؟‘‘

مرغی بولی، ’’پتا اور کہاں سے چلتا۔ میں نے خود خواب دیکھا، خود۔‘‘

’’اوں ہونہہ، ایسا؟‘‘ بطخ بولی ’’اچھا تو پھر میں بھی ساتھ چلتی ہوں۔‘‘

ابھی تھوڑی ہی دور چلے تھے کہ ایک تیتر ملا۔

بطخ اسے دیکھ کر بولی، ’’نمستے، بی قیں قیں، یہ سویرے سویرے کدھر؟‘‘

بطخ بولی، ’’اجمیر شریف جاتی ہوں۔ بڑی جلدی کا کام ہے، نہیں تو ساری دنیا اُجاڑ ہو جائے گی۔‘‘

تیتر نے پوچھا، ’’ارے رے رے، یہ تم سے کس نے کہا، بی قیں قیں؟‘‘

بطخ بولی، ’’بابو کری کا کا! ان میاں ککڑوں کوں نے کہا۔‘‘

’’اور میاں ککڑوں کوں، تم سے کس نے کہا؟‘‘

’’بی کٹ کٹ کٹاک نے۔‘‘

’’اور بی کٹ کٹ کٹاک، تمھیں کہاں سے خبر ملی؟‘‘

’’خبر کہاں سے لگتی؟ میں نے خود خواب دیکھا، خود۔‘‘

’’اوں ہونھ، یہ بات ہے۔‘‘ تیتر نے کہا۔’’تو اچھا بی قیں قیں ہم تو جانتے ہیں کہ ہم بھی سنگ چلیں۔‘‘

اب یہ چاروں مل کر اجمیر شریف کی سڑک پر ہو لیے۔ خوب قدم بڑھائے جا رہے تھے کہ دن مندتے ہی انھیں ایک لومڑی ملی۔

لومڑی بولی؛ ’’رام رام بابو کری کاکا۔ یہ آج اس وقت کدھر کو چلے؟ کہو تو بات کیا ہے؟ بڑے تیز قدم پڑ رہے ہیں۔‘‘

تیتر بولا، ’’اوہو۔ کیا پوچھتی ہو، بڑی ضرورت کا کام ہے۔ اجمیر شریف جا رہا ہوں نہیں تو ساری دھرتی اجاڑ ہو جائے گی۔‘‘

لومڑی کو ہنسی تو آئی مگر اسے دبا گئی اور پوچھنے لگی، ’’بابو کری کاکا، تم سے یہ کس نے کہا؟‘‘

’’بی قیں قیں نے۔‘‘

’’بی قیں قیں، تمھیں یہ خبر کہاں سے ملی؟‘‘

’’میاں ککڑوں کوں سے۔‘‘

’’اور میاں ککڑوں کوں، تمھیں یہ کیسے پتا چلا؟‘‘

’’بی کٹ کٹ کٹاک سے۔‘‘

’’اور بی کٹ کٹ کٹاک، تم سے کس نے کہا؟‘‘

مرغی بولی، ’’مجھ سے کون کہتا۔ میں نے خود خواب دیکھا ہے، خود۔‘‘

لومڑی بولی، ’’اچھا یہ بات ہے۔ اوں ہونھ! یہ بات ہے میں اب سمجھی۔ مگر ایسی

بھی کیا جلدی۔ دنیا کچھ اتنے جلد اجاڑ تھوڑی ہو جائے گی۔ اب شام بھی ہو گئی ہے۔ میرے گھر چل کر کھا پی لو۔ رات کو آرام سے سوؤ، صبح اجمیر شریف چلے جانا۔ ایسا ہی ہو گا تو میں بھی ساتھ چلی چلوں گی۔''

یہ چاروں غریب دن بھر کے تھکے ماندے تھے۔ لومڑی کی باتیں انھیں بہت بھلی لگیں، اس کے ساتھ ہو لیے۔ لومڑی انھیں اپنے گھر میں لائی۔ ان کی خوب خاطر تو اضع کی۔ جاڑوں کا زمانہ تھا، سردی خوب پڑ رہی تھی اور یہ چاروں ''سی سی سی سی'' کر رہے تھے۔ لومڑی نے انگیٹھی جلائی۔ پیٹ میں کچھ پڑ ہی چکا تھا باہر سے بھی جو ذرا گرمی پہنچی تو سب کے سب سو گئے۔ تیتر اور بٹیر تو ایک طرف کونے میں جا کر سور ہے۔ مگر مرغا اور مرغی ایک سیڑھی رکھی تھی اُڑ کر اس کے ایک ڈنڈے پر جا بیٹھے اور سب کے سب ایسے آرام سے گرم گرم سوئے جیسے کپاس میں بنولا۔

جب یہ سب خوب گہری نیند سو گئے تو لومڑی نے پہلے بٹیر کو چپکے سے پکڑا اور الگ لے جا کر کویلوں پر رکھ کر خوب بھونا۔ پر جو جلے اور چربی جو پگھلی تو اس کی چرائند سے مرغی کی نیند ٹوٹی اور وہ پھدک کر سیڑھی کے اور ایک اوپر والے ڈنڈے پر جا بیٹھی اور نیند ہی نیند میں کہنے لگی ''اوں ہوں یہ تو کچھ ہے، یہ تو کچھ ہے۔''

لومڑی بولی، ''چپ چپ سو جا۔ ذرا دھواں گھٹ گیا ہے۔ چونچ کھولنا ہی مت، نہیں تو سب پیٹ میں بھر جائے گا۔''

مرغی پھر سو گئی۔ لومڑی جب بٹیر کو چٹ کر گئی تو تیتر کو سنبھالا اور اسے بھی لے جا کر انگاروں پر خوب بھونا۔ مرغی کی نیند تو اچاٹ ہو ہی گئی تھی۔ اب کے پھر اس کی آنکھ کھلی۔ پھر یہ اُچک کر ذرا اور اونچی ہو بیٹھی اور کہنے لگی، ''یہ تو کچھ ہے، یہ تو کچھ ہے۔'' سویرا بھی ہو چلا تھا۔ دھواں جو زیادہ ہوا تو مرغی کا دم گھٹا اور آنکھ بالکل کھل گئی۔ اب جو دیکھا تو نہ بٹیر کا پتا اور نہ تیتر کا۔ یہ سمجھ گئی کہ کچھ دال میں کالا ہے اور جھٹ اُچک کر سیڑھی کے سب سے اونچے ڈنڈے پر جا بیٹھی۔ اوپر دیوار میں ایک چھوٹا سا روشن دان تھا، اس

میں سے گردن باہر نکال کر بولی؛ "اوہو ہو ہو، کوئی دیکھے تو کتنی چپٹکھیں جا رہی ہیں قطار کی قطار۔ کیسی موٹی موٹی ہیں، چکنی چکنی اور بچّے اور بچّے تو دیکھو، کیسے پھولے پھولے ہیں، جیسے گیند۔"

لومڑی نے جو یہ سنا تو اس کے منہ میں پانی بھر آیا۔ سمجھی کہ سچ مچ چپٹکھیں جا رہی ہیں اور ساتھ میں ننھے ننھے نرم نرم بچے بھی ہیں۔ سوچا کہ چلوں کچھ چوزے تو پھانس ہی لاؤں۔ جھٹ دروازہ کھولا اور ایسی نکلی جیسی تیر۔ مرغی کو موقع مل گیا۔ اس نے جھٹ مرغے کو اٹھایا۔

"ٹکٹروں کوں۔ اجی میاں ٹکٹروں کوں، اٹھو، ارے جلدی اٹھو۔ یہ کیا غضب ہو گیا۔"

مرغا جو آنکھیں ملتا ہوا اٹھا تو مرغی نے قصہ سنایا، جلدی جلدی جیسے کتاب میں سے زبانی یاد کیا ہو "لومڑی دو ساتھیوں کو تو ہڑپ کر چکی، اب ہماری باری ہے۔"

بس مرغا مرغی دونوں دیوار کے روشن دان میں سے جیسے تیسے سمٹ سمٹا کر نکلے اور اڑ کر باہر پہنچے اور نہ اِدھر دیکھا نہ اُدھر سیدھے اجمیر کی راہ لی۔ چلتے چلتے دو پہر کو اجمیر شریف پہنچے اور جو وہاں نہ پہنچ جائیں تو سچ ہے ان دونوں بے چاروں کے لیے بھی دنیا ایسی ہی اُجاڑ ہو جاتی جیسی بی قیں اور بابو کری کا کا کے لیے ہو گئی۔

مرغی کا نرالا بچہ

ایک بڑی سی مرغی نے ایک بڑے سے ٹوکرے میں بہت سی گھاس پھوس اکّٹھا کی۔ اور اس نرم نرم پیال پر بہت سے سفید سفید انڈے دیے اور پھر دن رات ان میں بیٹھنا شروع کیا۔ ایک ہفتہ گزرا، دو گزرے، تین گزرے، اکیسویں دن کہیں جا کر انڈے کھٹ کھٹ ٹوٹنا شروع ہوئے۔ اور ہر انڈے میں سے ایک ایک ننھا منّا بچہ نکلا۔ ان کے چھوٹے چھوٹے پر کیسے نرم تھے، اور کیسے گرم، ہر بچہ روئی کا گالا معلوم ہوتا تھا۔

ماں بھی کتنی خوش ہوگی! لیکن پھر بھی اسے ذرا سی فکر باقی تھی۔ ایک انڈا رہ گیا تھا جس میں سے ابھی تک کچھ نہ نکلا تھا۔ بے چاری ماں اس کو اپنے پروں سے گرمی پہنچا رہی تھی اور اللہ میاں سے دعائیں مانگ رہی تھی کہ اس میں سے بھی ایسا ہی پیارا سا بچہ نکلے جیسے اور انڈوں سے نکلے ہیں۔ اسی فکر میں دعائیں مانگتے مانگتے دو دن گزر گئے کہ چو بیسویں دن صبح تڑکے انڈے کے اندر سے کسی نے کھٹ کھٹ کر کے انڈے کو توڑ دیا۔ انڈا جو ٹوٹا تو ایک ننھا سا بچہ نکلا۔

یہ بچہ بھی نرالا تھا۔ ایسا کالا جیسے کاجل، یا جیسے کالا کوّا ہوتا ہے، یا اگر تم نے دیکھا ہو تو جیسے حبشی کا چہرہ یا جیسے رات کا اندھیرا۔ اور اس پر طرّہ یہ کہ اس بچے کے ایک ہی بازو تھا، ایک ہی ٹانگ تھی۔ اور ایک ہی ننھی سی آنکھ۔ جو اس آدھے لنڈورے کو دیکھتا اُسے ہنسی آجاتی۔ اس پر لطف یہ کہ میاں لنڈورے تھے بھی بلا کے شریر، انھیں جو سوجھتی نرالی ہی سوجھتی۔

ایک دن یہ نرالا بچہ اپنی ماں کے پاس گیا اور کہنے لگا، ''اماں میں گھر میں نہیں رہوں گا۔ میں تو جا کر بادشاہ کا محل دیکھوں گا اور بادشاہ سے ملوں گا۔''

''ارے میرے پیارے، میرے ننھے لنگٹو۔'' ماں نے کہا۔ ''کیسی باتیں کرتا ہے؟ مجھے ان باتوں سے ڈر لگتا ہے۔ چھوٹے بچوں کو چاہیے چین سے گھر پر رہیں اور ماں کے پروں میں خوب گرم گرم رات کاٹیں۔''

لیکن میاں لنگڑے نے ایک نہ سنی۔ سر ہلایا، اپنا ایک بازو پھر پھڑایا، اپنی کانی آنکھ اِدھر اُدھر چلائی، اور چپ، چپ خدا حافظ'' کہتے ہوئے اُچک اُچک کر لنگڑاتے ہوئے گھر سے نکل گئے۔

سڑک کے کنارے ایک جگہ آگ جل رہی تھی۔ اس کے پاس پہنچے آگ نے کہا، ''میاں لنگڑے، ذرا اپنی ننھی سی چونچ میں دو چار تنکے اُٹھا لاؤ اور مجھے دے دو کہ میں ذرا دیر اور جل لوں۔'' مگر میاں لنگڑے نے ایک نہ سنی، اپنا سر ہلا کر اپنا ایک بازو پھر پھڑایا، اپنی کانی آنکھ اِدھر اُدھر چلائی اور'' چپ، چپ، نہیں۔ ہمیں خود جلدی ہے، ہم بادشاہ سے ملنے جا رہے ہیں۔'' کہتے ہوئے آگے چل دیے۔

کچھ دور چلے تو ایک چھوٹا سا چشمہ ملا۔ اس کا پانی رستے کے کنارے بہہ رہا تھا۔ چشمے نے کہا''میاں لنگڑے، دیکھو میرے راستے میں یہ دو چار کنکر آپڑے ہیں، انھیں ذرا اپنی چونچ سے ہٹا دو کہ میں زیادہ آرام سے بہہ سکوں۔'' مگر میاں لنگڑے نے ایک نہ سنی۔ اپنا سر ہلایا، اپنا ایک بازو پھر پھڑایا، اپنی کانی آنکھ اِدھر اُدھر چلائی اور''چپ چپ، نہیں۔ ہمیں خود جلدی ہے ہم بادشاہ سے ملنے جا رہے ہیں۔'' کہتے ہوئے آگے چل دیے۔

لنگڑاتے ہوئے کچھ اور آگے بڑھے تو ایک جھر بیری کی بڑی سی جھاڑی ملی۔ جھاڑی کے کانٹوں میں بے چاری ہوا کا دامن پھنس گیا اور وہ اِدھر اُدھر سے نکل کر چلاتی تھی۔ اُس نے اِس نرالے مرغی کے بچے کو جو دیکھا تو بولی''میاں لنگڑے مسافر، خدا

کے واسطے رحم کرو اور مجھے اس جھاڑی میں سے نکال لو۔ اس کے کانٹے بڑے تیز ہیں اور بہت چبھتے ہیں۔'' مگر میاں لنگڑے نے ایک نہ سنی۔ اپنا سر ہلایا، اپنا ایک بازو پھر پھرایا۔ اپنی کانی آنکھ اِدھر اُدھر چلائی اور منہ بنا کر ''چپ چپ۔ نہیں ہمیں خود جلدی ہے۔ ہم بادشاہ سے ملنے جا رہے ہیں۔'' کہتے ہوئے آگے چل دیے۔ اور کودتے پھاندتے بادشاہ سے ملنے جا رہے ہیں۔'' کہتے ہوئے آگے چل دیے۔ اور کودتے پھاندتے بادشاہ کے محل میں پہنچ گئے۔

بادشاہ کا باورچی ایک مرغی کا چوزہ پکڑنے نکالتا تھا کہ بادشاہ کے ناشتے کے لیے پکائے۔ اس نے جو میاں لنگڑے کو اچکتے دیکھا تو انھیں جھٹ سے پکڑ لیا اور دیگچی میں ڈال آگ پر چڑھا ہی تو دیا۔

میاں چوزے نے چلّانا شروع کیا، ''دُہائی ہے دُہائی۔ بی آگ، بادشاہ سلامت کی دہائی ہے۔ خدا کا واسطہ ہے۔ مجھے جلاؤ نہیں،'' مگر آگ برابر جلے گئی اور جلائے گئی اور اس نے جواب دیا کہ ''نہیں نہیں، اب میرا موقع ہے۔ میں تمھاری مدد نہ کروں گی۔ جب مجھے ضرورت تھی، تو تم جلدی میں تھے۔ اب مجھے جلدی ہے۔'' تھوڑی دیر تک میاں چوزے دیگچی میں پڑے اُبلتے رہے کہ بادشاہ کا بڑا باورچی آیا۔ اس نے جو چپنی اٹھا کر دیکھا کہ یہ چوزہ تو کالا ہے کوئلہ سا اور اس کی ہر چیز آدھی ہی آدھی ہے تو اس نے دیگچی سے نکال اُسے باہر پھینک دیا اور باورچی سے کہا کہ ''دوسرا چوزہ لاؤ۔ یہ کالا چوزہ بادشاہ سلامت کے سامنے نہیں جا سکتا۔''

باورچی خانے میں ایک نالی تھی لنگڑا چوزہ اس کے پاس گیا اور کہنے لگا ''میاں پانی تمھیں بادلوں کی قسم، سمندر کی قسم ذرا مجھے ٹھنڈا کر دو۔ بالکل جل گیا ہوں۔'' مگر نالی میں پانی آہستہ آہستہ بہے گیا اور مسکرا کر بولا ''نہیں نہیں۔ میں تمھاری مدد نہیں کر سکتا مجھے تمھاری ضرورت پڑی تھی تو تم اس وقت کیسی جلدی میں تھے، اب میرا موقع ہے میں جلدی میں ہوں۔''

ادھر ہوا کا ایک جھونکا آیا اور میاں چوزے اس میں اڑ گئے۔ اب انھیں ڈر لگنا شروع ہوا کہ نہ جانے یہ ہوا کہاں لے جا کر پھینکے تو لگے ہوا کی خوشامد کرنے ''بی ہوا مجھے اِدھر اُدھر دھکّے نہ کھلاؤ۔ ذرا تو چین سے رہنے دو۔'' لیکن ہوا نے ہنس کر سیٹی بجائی اور کہا، ''نہیں نہیں، اب مجھ سے کیا مدد مانگتے ہو، جب مجھے تمھاری ضرورت تھی تو تم بڑی جلدی میں تھے۔ اب میں جلدی میں ہوں۔ میرے پاس وقت نہیں کہ تمھاری بات سنوں۔'' یہ کہہ کر ہوا نے جو زور سے اوپر کا رُخ کیا ہے تو میاں لنگڑے ایک مینار کی چوٹی پر جا کر اٹک گئے۔ اور ابھی تک وہیں لٹکے ہیں۔ جب ہوا چلتی ہے تو اس کے ساتھ ساتھ مڑ کر لوگوں کو ہوا کا رُخ بتاتے ہیں۔

مرغی کا کوئی بچّہ اب اگر اس کے پروں سے نکل کر اِدھر اُدھر جاتا ہے تو دکھیاری مرغی ٹھنڈا سانس بھرتی ہے اور انھیں اس لنگڑے بھائی کا قصہ سناتی ہے۔ جو شرارت کی وجہ سے ہمیشہ کے لیے مینار پر ٹنگا لوگوں کو ہوا کا رُخ بتلاتا ہے۔

اسی سے ٹھنڈا، اسی سے گرم

ایک لکڑ ہارا تھا۔ جنگل میں جا کر روز لکڑیاں کاٹتا اور شہر میں جا کر شام کو بیچ دیتا تھا۔ ایک دن اس خیال سے کہ آس پاس سے تو سب لکڑ ہارے لکڑی کاٹ لے جاتے ہیں، سوکھی لکڑی آسانی سے ملتی نہیں، یہ دور جنگل کے اندر چلا گیا۔ سردی کا موسم تھا۔ کٹکٹی کا جاڑا پڑ رہا تھا۔ ہاتھ پاؤں ٹھٹھرے جاتے تھے۔ اس کی اُنگلیاں بالکل سن ہو جاتی تھیں۔ یہ تھوڑی تھوڑی دیر بعد کلہاڑی رکھ دیتا اور دونوں ہاتھ منہ کے پاس لے جا کر خوب زور سے ان میں پھونک مارتا کہ گرم ہو جائیں۔

جنگل میں نہ معلوم کس کس قسم کی مخلوق رہتی ہے۔ سنا ہے اس میں چھوٹے چھوٹے سے بالشت بھر کے آدمی بھی ہوتے ہیں۔ ان کی داڑھی مونچھ سب کچھ ہوتی ہے۔ مگر ہوتے ہیں بس میخ ہی سے۔ ہم تم جیسا کوئی آدمی ان کی بستی میں چلا جائے تو اسے بڑی حیرت سے دیکھتے ہیں کہ دیکھیں یہ کرتا کیا ہے۔ لیکن یہ ہم لوگوں سے ذرا اچھے ہوتے ہیں کہ ان کے لڑکے کسی پر دیسی کو ستاتے نہیں نہ ان پر تالیاں بجاتے ہیں۔ نہ پتھر پھینکتے ہیں۔ خود ہمارے یہاں اچھے بچّے ایسا نہیں کرتے۔ لیکن ان کے یہاں تو سبھی اچھے ہوتے ہیں۔

خیر! لکڑ ہارا جنگل میں لکڑیاں کاٹ رہا تھا۔ تو ایک میاں بالشتے بھی کہیں بیٹھے اسے دیکھ رہے تھے۔ میاں بالشتے نے جو دیکھا کہ یہ بار بار ہاتھ میں کچھ پھونکتا ہے، تو سوچنے لگے کہ یہ کیا بات ہے۔ دیر تک اپنی بتا شاسی ٹھوڑی اپنے ننھے سے ہاتھ پر دھرے

بیٹھے رہے، مگر کچھ سمجھ میں نہ آیا، تو یہ اپنی جگہ سے اٹھے، اور کچھ دور چل کر پھر لوٹ آئے کہ نہ معلوم کہیں پوچھنے سے یہ آدمی برا نہ مانے۔ مگر پھر نہ رہا گیا۔ آخر کو ٹھک ٹھک لکڑہارے کے پاس گئے اور کہا، "سلام بھائی، برا نہ مانو تو ایک بات پوچھیں۔"

لکڑہارے کو یہ ذرا سا انگوٹھے برابر آدمی دیکھ کر تعجب بھی ہوا، ہنسی بھی آئی۔ مگر اس نے ہنسی کو روک کر کہا، "ہاں ہاں بھئی ضرور پوچھو۔"

"بس یہ پوچھتا ہوں کہ تم منہ سے ہاتھوں میں پھونک سی کیوں مارتے ہو؟"

لکڑہارے نے جواب دیا۔ "سردی بہت ہے۔ ہاتھ ٹھٹھرے جاتے ہیں۔ میں منہ سے پھونک کر انھیں ذرا گرما لیتا ہوں، پھر ٹھٹھرنے لگتے ہیں، پھر پھونک لیتا ہوں۔"

میاں بالشتے نے اپنا سپاری جیسا سر ہلایا اور کہا "اچھا اچھا یہ بات ہے۔" یہ کہہ کر بالشتے میاں وہاں سے کھسک گئے مگر رہے آس پاس ہی اور کہیں سے بیٹھے برابر کیے دیکھا کہ لکڑہارا اور کیا کرتا ہے۔

دوپہر کا وقت آیا۔ لکڑہارے کو کھانا پکانے کی فکر ہوئی۔ اِدھر اُدھر سے دو پتھر اٹھا کر چولھا بنایا۔ اس کے پاس چھوٹی سی ہانڈی تھی۔ آگ سلگا کر اسے چولھے پر رکھا اور اس میں آلو اُبلنے کے لیے رکھ دیے۔ گیلی لکڑی تھی اس لیے آگ بار بار ٹھنڈی ہو جاتی تو لکڑہارا منہ سے پھونک کر تیز کر دیتا تھا۔ "ارے" بالشتے نے دور سے دیکھ کر اپنے جی میں کہا، "اب یہ پھر پھونکتا ہے۔ کیا اس کے منہ سے آگ نکلتی ہے؟" لیکن چپ چاپ بیٹھا دیکھا کیا۔ لکڑہارے کو بھوک زیادہ لگی تھی، اس لیے چڑھی ہوئی ہانڈی میں سے ایک آلو جو ابھی پورے طور پر اُبلا بھی نہ تھا، نکال لیا۔ اُسے کھانا چاہا تو وہ ایسا گرم تھا جیسے آگ۔ اس نے مشکل سے اسے اپنی ایک انگلی اور انگوٹھے سے دبا کر توڑا اور منہ سے فو فو کرکے پھونکنے لگا۔

"ارے" بالشتے نے پھر جی میں کہا۔ "یہ پھر پھونکتا ہے۔" اب کیا اس آلو کو پھونک کر جلائے گا۔" لیکن آلو جلا کچھ نہیں۔ وہ تو تھوڑی دیر فو فو کر کے لکڑہارے نے

اسے اپنے منہ میں رکھ لیا اور غپ غپ کھانے لگا۔ اب تو اس بالشتیے کی حیرانی کا حال نہ پوچھو۔ اس سے پھر نہ رہا گیا اور ٹھمک ٹھمک پھر لکڑہارے کے پاس آیا اور کہا،''سلام! بھائی برا نہ مانو تو ایک بات پوچھیں۔''

لکڑہارے نے کہا،''برا کیوں مانوں گا۔ پوچھو۔''

بالشتیے نے کہا،''تم نے صبح مجھ سے کہا تھا کہ منہ سے پھونک کر اپنے ہاتھوں کو گرماتا ہوں۔ اب اس آلو کو کیوں پھونکتے تھے۔ یہ تو خود بہت گرم تھا اور اسے اور گرمانے سے کیا فائدہ؟''

''نہیں میاں ٹلّو۔ یہ آلو بہت گرم ہے۔ میں اسے منہ سے پھونک کر ٹھنڈا کر رہا ہوں۔''

بات تو کچھ ایسی نہ تھی مگر یہ سن کر میاں بالشتیے کا منہ پیلا پڑ گیا۔ ڈر کے مارے کپ کپ کانپنے لگے۔ برابر پیچھے ہٹتے جاتے تھے۔ لکڑہارے سے ڈر کر کچھ سہم سے گئے تھے۔ ذرا سا آدمی یوں ہی دیکھ کر ہنسی آئے۔ لیکن اس تھر تھر، کپ کپ کی حالت میں دیکھ کر تو ہر کسی کو ہنسی بھی آئے، رنج بھی ہو۔ لکڑہارے کو بھی ہنسی آئی۔ لیکن وہ بھی بھلا مانس تھا۔ اس نے آخر پوچھا کہ''کیوں میاں، کیا ہوا، کیا جاڑا بہت لگ رہا ہے۔'' مگر میاں بالشتیے تھے کہ برابر پیچھے ہی ہٹتے چلے گئے۔ اور جب کافی دور ہو گئے تو بولے۔''یہ نہ جانے کیا بلا ہے۔ کوئی بھوت ہے یا جن ہے۔ اُسی سے ٹھنڈا اسی سے گرم، ہماری عقل میں یہ بات نہیں آتی۔''اور سچ ہے یہ بات ان میاں بالشتیے کی ننھی سی کھوپڑی میں آنے کی تھی بھی نہیں۔

کھوٹا سونا

کھیل میں کام کرنے والے

بمل چند — ایک بدمعاش / سرندر — بمل چند کا دوست

ہزاری مل — ساہوکار / جگدیش — ایک شہری

چندر کانت — ہزاری مل کا لڑکا / ایک کانسٹیبل

پہلا سین

شہر بمبئی کی ایک سٹرک

(دو آدمی سٹرک کے کنارے ایک طرف دیوار کے پاس کھڑے چپکے چپکے باتیں کر رہے ہیں پاس ہی موڑ پر ایک کانسٹیبل کھڑا ان کی باتیں سن رہا ہے۔)

سرندر: آج تم کچھ اداس نظر آتے ہو۔ کیا بات ہے؟

بمل چند: کیا بتائیں یار! جیب میں ایک پیسہ نہیں ہے بال بچّے سب بھوکے ہیں۔ تھوڑا سا سونا ہے پر تم سے کیا چھپائیں۔ ہے یہ کھوٹا سونا۔ بس اسی سوچ میں ہوں کہ کسی ترکیب سے اس کو بیچ کر دام وصول کیے جائیں۔

سرندر: بیچنے کی ترکیب میں تمہیں بتا دوں؟

بمل چند: بھئی جلدی سے بتاؤ۔

سرندر: بس فوراً لالہ ہزاری مل صراف کی دکان پر چلے جاؤ۔ وہاں اس وقت ان کا لڑکا بیٹھا ہے۔ لڑکا اچھا برا کیا پہچانے گا۔ تمہارا سونا بک جائے گا۔ میں

تمھارے لیے ایک خط لاتا ہوں ۔

بمل چند   :   بالکل ٹھیک ، میں ابھی جاتا ہوں ۔

سرندر   :   ذرا ٹھہرو ، یہ سونے کی انگوٹھی لے جاؤ لڑکے سے اس کے بیچنے کی بات چیت کرنا جب تک میں بھی آ جاؤں گا ۔ سونا مجھے دے دو ۔ (بمل چند سونا دے کر انگوٹھی لے لیتا ہے اور لالہ ہزاری مل کی دوکان کی طرف چلا جاتا ہے)

(پردہ گرتا ہے)

دوسرا سین

(لالہ ہزاری مل کی دوکان ۔ لڑکا (چندرکانت) کچھ زیور تجوری میں رکھ رہا ہے ۔ اتنے میں بمل چندر ہاتھ میں انگوٹھی لیے دوکان میں داخل ہوتا ہے ۔)

بمل چندر   :   لالہ جی میں یہ سونے کی انگوٹھی بیچنا چاہتا ہوں ۔ آپ خریدیں گے ؟

چندرکانت   :   سونے کی ہے ؟

بمل چند   :   خالص سونا ۔

چندرکانت   :   لائیے ۔

بمل چند   :   بیچنے کو جی تو نہیں چاہتا ۔ جب میں چھوٹا سا تھا اس وقت میرے باپ نے مجھے دی تھی مگر ۔۔۔۔۔۔۔۔۔

چندرکانت   :   تو پھر کیوں بیچتے ہو ۔

بمل چند   :   کیا کروں آج کل کام دھندا کچھ ہے نہیں ۔ چھے بچے ہیں ۔ بیوی ہے ۔ پیسا پاس نہیں ۔

چندرکانت   :   افسوس !

(بمل چند سے چندرکانت انگوٹھی لے کر دیکھتا ہے ۔)

بمل چند   :   لالہ جی یہ کتنے کی ہوگی ؟

چندرکانت   :   ذرا تول لوں پھر بتاؤں گا ۔

(بمل چند بیٹھ جاتا ہے۔ چندر کانت کاٹنے پر انگوٹھی تولنے لگتا ہے۔ اسی وقت سریندر دوکان میں داخل ہوتا ہے۔)

سریندر	:	آپ کا نام بمل چندر ہے؟

بمل چند	:	جی ہاں، کہیے؟

سریندر	:	میں دہلی گیا تھا۔ وہاں تمھارے بھائی ملے۔ چلتے وقت انھوں نے تمھارے لیے کچھ سونا اور ایک خط دیا ہے۔ انھوں نے کہا تھا کہ بمبئی میں فلاں محلے میں بمل چندر نام کا میرا بھائی رہتا ہے۔ میں نے سنا ہے کہ آج کل وہ بہت مصیبت میں ہے۔ یہ سونا اور خط اُس کو دے دینا۔

(سریندر بمل چندر کو سونا اور خط دیتا ہے)

بمل چندر	:	آہا! یہ کتنا ہوگا۔

سریندر	:	چھے ماشہ

بمل چندر	:	(چندر کانت سے) لالہ انگوٹھی واپس کر دیجیے۔ میں اب بیچنا نہیں چاہتا۔

(چندر کانت انگوٹھی واپس دے دیتا ہے)

بمل چندر	:	(چندر کانت سے) مہربانی فرما کر یہ خط پڑھ دیجیے۔

چندر کانت	:	بہت اچھا۔

(خط پڑھتا ہے)

از دہلی

یکم مارچ ۱۹۳۸ء

اچھے بمل

مجھے یہ سن کر بہت رنج ہوا کہ تم آج کل بے کار ہو اور پریشان ہو۔ اس وقت تم کو چھے ماشہ سونا مسٹر سریندر کے ہاتھ بھیج رہا ہوں اسے بیچ کر اپنا کام نکالو۔ میں اگلے سال بمبئی آؤں گا اس وقت تم سے اور تمھارے

بچوں سے ملاقات ہوگی۔ والسلام

تمھارا بھائی۔ کیشو چندر

بمل چندر : بہت بہت شکریا! اب کیا یہ آپ یہ سونا خرید سکتے ہو؟

چندر کانت : جی ہاں

(چندر کانت سونا تولتا ہے۔ سونا بجائے چھ ماشے کے سات ماشے نکلتا ہے۔ چندر کانت اپنے دل میں کہتا ہے۔ خط میں تو صرف چھ ماشے لکھا ہے۔ میں اس آدمی کو چھ ماشے کی ہی قیمت کیوں نہ دوں ایک ماشہ مجھ کو نفع میں بچے گا۔ وہ بمل چندر کو چھ ماشے کی قیمت دیتا ہے۔ بمل چندر اور سریندر دوکان سے چلے جاتے ہیں۔ تھوڑی دیر بعد چندر کانت کا باپ لالہ ہزاری مل آ جاتا ہے۔ چندر کانت گھر چلا جاتا ہے اتنے میں جگدیش داخل ہوتا ہے۔)

ہزاری مل : آیئے

(جگدیش چاندنی پر ایک طرف لالہ ہزاری مل کے سامنے بیٹھ جاتا ہے)

جگدیش : کیا ابھی ابھی تھوڑی دیر ہوئی کوئی شخص آپ کے یہاں کچھ سونا بیچ گیا ہے؟

ہزاری مل : معلوم نہیں میں تو ابھی دوکان پر آیا ہوں۔

جگدیش : پھر یہاں کون تھا؟

ہزاری مل : میرا لڑکا بیٹھا۔ دیکھئے بلا کر پوچھتا ہوں۔

(ہزاری مل اپنے لڑکے کو پکارتا ہے۔ چندر کانت! چندر کانت! چندر کانت آواز سن کر لوٹ آتا ہے)

چندر کانت : جی بابو۔

ہزاری مل : یہاں آؤ۔ ابھی تھوڑی دیر ہوئی کوئی آدمی سونا بیچ گیا ہے؟

چندر کانت : جی ہاں۔

جگدیش : (ہزاری مل سے) ذرا منگوایئے تو مجھے یقین ہے کہ اس میں کچھ کھوٹ

بچوں کی کہانیاں از: ڈاکٹر ذاکر حسین

ضرور ہوگا۔

ہزاری مل : (چندرکانت سے) ذرا لے تو آؤ بیٹا میں دیکھوں گا۔

جگدیش : جو شخص یہ سونا بیچ گیا ہے۔ شہر کا ایک بدمعاش ہے۔ میں اسے جانتا ہوں۔

ہزاری مل : (چونک کر) بدمعاش! آپ جانتے ہیں۔

جگدیش : ہاں میں جانتا ہوں اور ابھی اس کی بات چیت سن کر آ رہا ہوں۔

(چندر کانت ہاتھ میں سونا لیے آتا ہے اور اپنے باپ کو دیتا ہے۔)

ہزاری مل : (چندرکانت جگدیش کی طرف اشارہ کرکے) ان کا خیال ہے کہ یہ خراب سونا ہے۔

چندرکانت : مگر معلوم تو نہیں ہوتا ہے۔

ہزاری مل : خیر، ہم اسے کسوٹی پر گھس کر جانچتے ہیں۔

(ہزاری مل سونا کسوٹی پر گھستا ہے)

ہزاری مل : کھوٹا، بالکل کھوٹا۔

(چندر کانت کو برا بھلا کہتا ہے اور مارنے کے لیے اٹھتا ہے چندر کانت اندر بھاگ جاتا ہے)

ہزاری مل : (جگدیش سے) اس بدمعاش کا کوئی پتہ نشان مل سکتا ہے؟

جگدیش : کیوں نہیں۔ وہ یہاں سے تھوڑی دور اپنے دوستوں کے ساتھ بیٹھا ہنسی مذاق کر رہا تھا۔ اگر آپ چلنا چاہیں تو میں لے چلوں۔

ہزاری مل : ہاں، ہاں چلئے ابھی چلئے۔

جگدیش : اچھا تو اپنے لڑکے کو بھی ساتھ لے لیجیے اور اس سے کہیے کہ سونا بھی لیتا چلے۔

(ہزاری مل زور سے آواز دے کر چندرکانت کو بلاتا ہے اور کہتا ہے کہ سونا لے کر ہمارے ساتھ آؤ منیم جی سے کہہ دو کان میں آ کر بیٹھ جائیں ہزاری مل، جگدیش اور چندر کانت دوکان سے نیچے اُترتے ہیں)

پردہ گرتا ہے

تیسرا سین

باغ، حوض، گھاس پر بچھی ہوئی بنچیں

(بہت سے آدمی اِدھر اُدھر گھاس اور بنچوں پر بیٹھے دکھائی دیتے ہیں)

جگدیش : وہ دیکھئے حوض کی پچّھم والی بنچ پر تین آدمی بیٹھے ہیں۔ ان میں بیچ والا آدمی وہی بدمعاش ہے۔

(سب لمبے لمبے ڈگ بھرتے ہوئے بمل چندر کے پاس پہنچ جاتے ہیں)

ہزاری مل : کیا ابھی ابھی اس لڑکے کے ہاتھ سونا بیچ آئے ہو۔

بمل چندر : ہاں کیا بات ہے۔

ہزاری مل : (غصے سے) بات! تم نے لڑکے کو دھوکا دیا میں ابھی پولیس کو بلاتا ہوں۔

(چندر کانت سے جاؤ سپاہی کو بلا لاؤ۔ چندر کانت جانے لگتا ہے۔ بمل چندر دوڑ کر روک لیتا ہے۔)

بمل چندر : میرے بھائی نے دلّی سونا اور یہ خط مجھے بھیجا تھا۔ خط پڑھ لیجیے۔ مجھے نہیں معلوم سونا کھرا ہے یا کھوٹا۔

(ہزاری مل خط پڑھتا ہے۔)

ہزاری مل : مانا کہ تمہیں نہیں معلوم تھا۔ لیکن سونا واپس لینا اور دام لوٹانے ہوں گے۔ اسی میں خیریت ہے۔

بمل چندر : ہاں، اگر سونا خراب ہے تو میں دام لوٹا دوں گا۔ لاؤ مجھے دو۔

(چندر کانت سونا بمل چندر کو دیتا ہے۔)

بمل چندر : یہ تو میرا سونا نہیں ہے۔ اگر یہی میں نے تمہیں دیا ہے تو میں تولتا ہوں میرا سونا چھ ماشے تھا۔

(بمل چندر سریندر سے کہتا ہے کہ ذرا کہیں سے سونا تولنے کا کانٹا اور باٹ تو

(لے آؤ سریندر بھاگا بھاگا جاتا ہے۔اور کانٹا اور باٹ لے آتا ہے۔ بمل چندر
سونا تولتا ہے اور وہ سات ماشے نکلتا ہے۔)

بمل چندر : (غصے سے) تم جھوٹ بولتے ہو یہ میرا سونا ہرگز نہیں ہوسکتا۔ میرے بھائی
نے خط میں ۶ ماشے لکھا ہے اور تمھارے لڑکے نے مجھے دام بھی چھ ماشے
کے ہی دیے ہیں۔ نکل جاؤ یہاں سے! بے ایمان!

(ہزاری مل ، چندر کانت اور جگدیش شرمندہ ہو کر جانے لگتے ہیں اتنے میں
ایک کانسٹیبل آتا ہے۔)

کانسٹبل : کیا بات ہے؟

ہزاری مل : (بمل چندر کی طرف اشارہ کرکے) اس شخص نے میرے لڑکے کے یہاں
سونا بیچا تھا جب میں نے آ کر دیکھا تو وہ بالکل خراب نکلا۔

بمل چندر : واہ، لالہ جی واہ۔ الٹا چور کوتوال کو ڈانٹے میں نے جو سونا تمھارے لڑکے کو
دیا ہے وہ چھ ماشے تھا اور یہ خراب سونا سات ماشے ہے۔ یہ میرا ہرگز ...

کانسٹبل : (سریندر سے) چپ بد معاش۔اس سڑک پر دیوار کے پاس میں نے
دونوں کی سب باتیں سن لی تھیں اور جب سے برابر تمھارے پیچھے پیچھے
تھا۔ مجھے سب حال معلوم ہے۔ تم دونوں بد معاش ہو۔

(کانسٹیبل سریندر اور بمل چندر کو گرفتار کرکے تھانے لے جاتا ہے اور چلتے
چلتے چندر کانت سے کہتا ہے)

کانسٹبل : تم ابھی بچّے ہو اس لیے چھوڑے دیتا ہوں اب کبھی کسی کے ساتھ بے ایمانی
نہ کرنا۔ دیکھا ذرا سی بے ایمانی کی کیا سزا ملی۔ چور نے الٹا تمھیں چور بنا دیا۔

❖ ❖ ❖